GENTOSHA
OUTLAW
BUNKO

閉じている膝

人形の家2

藍川京

幻冬舎アウトロー文庫

閉じている膝　人形の家2

目次

閉じている膝　人形の家2　登場人物

柳瀬小夜（15歳）　旧姓深谷。高校一年生。
深谷胡蝶　小夜の実母。小夜が小学六年生の時に死亡。享年四十一。
柳瀬緋蝶（43歳）　小夜の養母。胡蝶の妹、小夜の叔母にあたる。
柳瀬彩継（59歳）　緋蝶の夫。小夜の養父。著名な人形作家。
鳴海麗児　性的な生き人形制作時の彩継の秘密の別名。
深谷景太郎（51歳）　小夜の実父。大宝物産勤務。
深谷愛子（39歳）　景太郎の再婚相手。
深谷瑛介（18歳）　愛子の実子。高校三年生。
須賀井宗之（45歳）　骨董屋「卍屋」主人。亡き胡蝶の同級生。
斉田瑠璃子（16歳）　小夜の親友。

第一章　緋のもみじ

1

暖かい秋が続いていたが、ある朝、急に冷え込むようになり、紅葉前線が一気に進んだ。

数年ぶりの鮮やかさという真っ赤に色づいたもみじは、各地で話題になった。

椿屋敷と呼ばれている柳瀬《やなせ》家の庭にも何本かの楓《かえで》があり、目に痛いほど鮮やかな紅い葉を広げ、小夜《さよ》や緋蝶《ひちょう》や彩継《あやつぐ》を喜ばせた。

小夜の級友、瑠璃子《るりこ》も、こんなきれいなもみじは初めてだと、庭に出て目を見張った。

「このみごとな色は何年ぶりかな。最近は、なかなかいい色に染まらなかった」

「小夜ちゃんがうちに来てくれて、お庭の木も喜んでいるのかもしれないわ」

黄金色に色づいた銀杏《いちょう》の葉を散らした小紋の着物を着た緋蝶も、毎日飽きずに、紅く染まった木を眺めていた。

「私がここに来たからじゃなくて、気温のせいでしょ、お養母《かあ》さま」

当たり前のことを小夜が言うと、横で彩継が笑った。

「夏の暑さがいつまで続くかと思えるほど十月に入っても暖かい日が続いていたのに、急に冷えたからよかったんだ。みごとな寒暖の差だったな」

彩継があらためて楓を見上げた。

「去年は、こんな色じゃなかったんですか？」

これまで瑠璃子は、紅葉を気にしたこともなかった。さっきも言ったように、秋の気温に関係があるんだ。

「ここ数年は、真っ赤にはならなかった。最近のもみじは橙色《だいだいいろ》というと語弊があるが、せいぜいこんなところだったかな」

彩継は北側の、やや色づきの悪い楓の葉を見つけて指さした。

「それも悪くないと思うわ。私は真っ赤になるときれいだと思うけど、黄色や緑も混ざってるのが好き。いろんな色があるほうが楽しいし」

そう言った小夜は、朝起きると登校前に楓を眺め、帰宅してからも庭に出る日が続いていた。柳瀬の家に養女に来る前も、ときどきこの屋敷に泊まっていたというのに、不思議と、もみじの記憶はなかった。

「真っ赤なのも、黄色も緑もいいか」

「自然はいつだって、そのときどきできれいだわ。山茶花《さざんか》も咲き始めたし、特に、これから春先までが、ここの庭がいちばんみごろのときね。瑠璃子ちゃんも、うんと、ここのお花を楽しんでね」

緋蝶は瑠璃子に笑みを向けた。

彩継は、結婚以来、アブノーマルな行為を教え込んできた緋蝶と、これからじっくりと教え込みたい養女の小夜と、すでにアブノーマルを教え始めている瑠璃子の三人の女を、順繰りに眺めた。

鮮やかに色づいた楓は、女達の絶頂を迎えたときの秘園の色のようだ。緋蝶の花びらや肉のマメは、愛撫を始める前と法悦の瞬間と、その後では、みごとに色が変化する。ひとりで見るのが惜しいような色だ。

小夜や瑠璃子の秘園の変化は、まだ緋蝶ほどではないが、熟していくほどに、まばゆい紅に変わっていくだろう。

緋蝶に近づいた彩継は、

「イッたときのおまえのアソコの色、こんなに紅くなってるんだぞ。鏡を見せたことがあるから知ってるだろう？」

耳元で囁《ささや》いた。

小夜達には聞こえていないとわかっていても、緋蝶は慌ててふたりを見つめ、頰《ほお》のあたりを熱くした。

「今夜、楓の葉のように、おまえの花びらが真っ赤に色づくのを見たい。じっくり可愛がってやるから楽しみにしていろ」

瑠璃子も泊まる屋敷で緋蝶を抱く、血の滾《たぎ》るような快感を想像し、彩継は昂《たか》ぶった。

「今夜は瑠璃子ちゃんも……困ります」

緋蝶は頰をうっすら染めたままだ。

「人がいるからいいんだ。おまえはふたりきりだったときより、小夜が来てからのほうが、うんと感じるようになった。それなら、もうひとりいると、もっと燃えるはずだ」

「そんな……そんなこと、ありません……今夜は困ります」

これ以上、秘密の話をすると、小夜達に不自然さを気づかれはしないかと、緋蝶は彩継から離れて小夜達の近くに戻った。

彩継は楽しくてならなかった。

小夜人形の制作も順調に進んでいる。早ければ暮れか来年早々には、最後の仕上げにかかれる。その日は、手を動かしながら、射精してしまいそうな興奮を覚えるはずだ。

小夜の翳《かげ》りを一本ずつ抜いては、精巧に作られた小夜人形の恥丘と肉のマンジュウに植えつけていくのだから……。

幼女のような肉の丘に翳りができたとき、小夜人形は、純情でいて艶《なま》めかしい女の匂いを放ちはじめるだろう。

「先生、きょう、工房を見学していいですか？」

瑠璃子は彩継に歩み寄りながら、小夜と緋蝶に聞こえるように、わざと大きな声で訊《き》いた。

瑠璃子は小夜達と離れ、彩継の元に来ると、

「今夜、ダメ？」

上目遣いに見つめた。

「大事な人形の最後の仕上げの段階なんだ。一気に終わりたいから、今夜、うちのに手伝ってもらうことになってるし、残念だが、無理だな」

今夜は子供の瑠璃子ではなく、熟した緋蝶をいたぶりたい。

瑠璃子は大きな溜息《ためいき》をついた。

「尻がムズムズするのか。後ろを覚えてから、いつも、そのことばかり考えてるんだろう？新しい彼氏でもできて、後ろをねだってるんじゃないのか？」

瑠璃子は大きく頭《かぶり》を振った。

「先生だけ……彼氏なんか作らないもん。つまんないし……」

瑠璃子が他の男に興味をなくしているのは訊くまでもない。だが、本人の口からはっきりと言われると、男としては単純に嬉《うれ》しかった。

「秘密の時間は、小夜達がいないときがいいだろう？　気が散らなくていい。ふたりが華道の稽古《けいこ》に行く日にでもしよう」

「途中で帰ってきたら……？」

「いくらでも言い訳はできる。瑠璃子は私の弟子見習いだろう？　急に小夜を尋ねてきたが、華道の日だと忘れていたとでも言えばいい。戻ってくるまで私が人形制作の手ほどきをしていたと言えば済むことだ」

「でも、小夜はいつだって私に、稽古の日はちゃんとそう言うし」

「だったら、私に訊きたいことがあって、急に訪ねてきたと言えばいいだろう？」

瑠璃子は大胆でいるようでいて、案外、他人を気にしている。そんなところが可愛いと言えば可愛い。

小夜と緋蝶が近づいてきた。

「夏と冬では、人形を創るのにちがいが出てきますか？　粘土の乾燥の時間とか」

話をさっと切り替えた瑠璃子は、彩継とは他人の顔になって訊いた。

「瑠璃子はお養父《とう》さまのお弟子さんになって、将来、人形作家になるつもり？　夏休みの課題も上手にできたって、美術の先生にずいぶん誉《ほ》められていたし」

小夜は瑠璃子にさりげなく尋ねた。

小夜も人形が好きだ。世間が評価するような生き人形を創ってみたいと思うこともある。それを、いくら友人とはいえ、父親になった彩継を、自分より先に瑠璃子が師にしてしまうのはいやだと、嫉妬めいた複雑な心境が芽生えていた。

彩継に恥ずかしいところを見られ、恥ずかしいことをされ、逃げ出したいとも死にたいとも思ったはずが、もっとも仲のいい友人が彩継に近づくことに冷静でいられない。そんな自分の矛盾している気持ちに、小夜は戸惑っていた。

「ね、人形作家になるの？」

小夜は揺れる心を押し隠して、また尋ねた。

「なりたい。だけど、努力だけじゃダメだって聞いたこともあるし」

瑠璃子ははっきりと人形作家になりたいことを肯定し、そのあとで、不安を口にした。

「努力に勝る天才なしって言うぞ」

瑠璃子を激励するような彩継に、小夜はますます嫉妬した。簡単に人形作家になどなれないと言ってほしかった。瑠璃子に対して抱いた、初めての意地悪い気持ちだった。

「私も、うんと努力すれば何だってやれるって思っていたんです。でも、テレビのある番組で、何でも努力すれば、誰でもある水準にはなれる。でも、最後の最後は感覚だって言っている人がいて、独特の感覚がなければ、どんなに努力しても頂点には立てないって。それを聞いて、よくわからないけど、そんなのもあるのかなあって思うようになって」

彩継に言ってほしかったような言葉を、瑠璃子自身が口にしたことで、小夜は、瑠璃子が人形作家など、さっさと諦《あきら》めてしまえばいいのにと思った。

「感覚は大切だ。ああ、いちばん大切なものかもしれない」

彩継が頷《うなず》いた。

「やっぱりね……母が上手に市松人形を創っているけど、プロの作家ではないでしょう？先生と知り合ってから、どうして一生懸命創っているのに、母はいつまでもただの素人で、先生は世界的にも有名な人なのか、そんなことを考えるようになったんです。母は先生の人形からは凄《すご》いオーラが出ているって。魂を持った人形が自分の存在を主張しているのに比べて、自分の人形は、形はできていても、その外形だけだって」

小夜はそんなことを考えたことはなかった。物心ついたときから、彩継は著名な人形作家だった。素晴らしい人形を創るのだと、単純にそう思うだけだった。

瑠璃子は、彩継の人形はなぜ素晴らしいのかを考えようとしている。それだけでも、瑠璃子が自分より彩継の人形を、より深く理解しようとしているようで焦った。

自分は彩継の人形をどれだけ理解しているのだろう……。もしかして、瑠璃子のほうが彩継の人形を理解しているのではないか……。

小夜は彩継を瑠璃子に取られるような危惧《きぐ》を覚えた。

破廉恥《はれんち》な身体検査をする彩継を、小夜は何とか避けたいと思っていた。これからも、処女を守っているかどうか、頻繁に下腹部を剝《む》かれ、指で秘所をひらいて、もっとも恥ずかしいところを見つめられるのだと思うと、泣きたいような屈辱を覚えている。それなのに、身体検査をされている以上、絶対に瑠璃子より自分のほうが彩継に近い者として受け入れられているという確信がある。

「先生、私、人形作家になれるかしら。小夜のほうがいつも先生といっしょにいて、いちばん大切な感覚というのができてくるのかしら。小夜のほうがその気になれば、まちがいなく人形作家になれるのかな……」

瑠璃子の口調はだんだん弱くなってくる。

「感覚というのは、生まれつきのものもあるかもしれないけど、磨くものではないかしら。近くにいればいいってものでもないと思うわ。それと、どれだけお人形が好きかじゃないかしら。好きなら、ともかく頑張ってね」

緋蝶が瑠璃子を励ました。

小夜は緋蝶にまで軽い苛立《いらだ》ちを覚えた。完全に瑠璃子に嫉妬していた。

「小夜は自分で創るより、私に創ってもらうほうがいいんだろう?」

彩継は順調に創作が進行している小夜人形を脳裏に浮かべた。

「お養父さまに創ってもらうのは、もちろん嬉しいけど、私も習おうかな……小さいときから、お養父さまのお人形を見ていて、他のお人形より好きだったし、生きているようなお人形を見たとき、恐る恐る指でつついて、本当に動かないかとドキドキしたのも覚えてるの。動いたらどうしようって、怖かったの……」

小夜は恥ずかしいところをくつろげて検査する彩継を意識して、その目を見るのがはばかられ、緋蝶に向かって言った。

「そうね、あんまりよくできてるから、子供にとっては可愛いというより、怖いほうが先に立つかもしれないわね」

「お養父さまのお人形は凄かった。だけどいつも近くで見ていると、それが当たり前と思うようになってたの。瑠璃子がいなかったら、お養父さまの凄さがわからなくなってたかしら……」

小夜は口惜しいが瑠璃子の名前を出し、自分も人形創りを習いたいのだとほのめかした。

しかし、このときも、彩継の目を見て言うことはできず、緋蝶に向かって言った。

「まあ、あなた、若いお弟子さんがいきなりふたりもできそうじゃありませんか。嬉しいでしょう?」

先ほど囁かれた破廉恥な言葉も忘れたように、緋蝶は彩継に向かっておどけた口調で言った。

「忙しいから、そう簡単に教えるわけにはいかないぞ。ボチボチとな。最初はふたりとも粘土遊びだな」

「遊びじゃなく、本気でやりたいんです」

「生きているようなお人形が創れるように……」

瑠璃子の後に、小夜も遠慮がちに言った。

師弟関係がどんなものかわからないが、瑠璃子に彩継を取られたくはなかった。

彩継から離れたいのか、もっと近づきたいのか、それさえおぼつかない思いの中で、小夜は微妙な気持ちの揺らぎに戸惑うだけだった。

「高校を卒業するまでに考えが変わらないか?　まだ二年以上あるぞ。女心と秋の空というし、すぐに気が変わるかもしれないな」

「まあ、それは、こんなときに使う言葉じゃないんじゃありませんか」

緋蝶がおかしそうに口元に手を当てた。

「ともかく、粘土遊びは大切だ。粘土がただの粘土であるうちは、生きた人形なんて創れないからな。粘土は粘土。粘土そのものが、まず生き物にならないといけない」

粘土が生き物になるというのはどういうことか。器用な者が制作していく過程で、より精巧な人形ができ、その最後の仕上がりによって、生きているか死んでいるかになるのではないか……。

小夜が彩継の言葉を理解するには、まだ未熟すぎた。

2

工房奥の蔵の衣紋《えもんか》掛けには、秋の夜の山々に煌々《こうこう》と照る月を描いた手描き友禅の着物が掛かっていた。

その手前には、寝間着を脱がされた一糸まとわぬ緋蝶が、紅い毛氈《もうせん》の上で彩継と唇を合わせていた。

半身を抱き寄せ、緋蝶の柔らかい乳房の感触を楽しみながら、彩継は舌を深く差し入れ、唾液《だえき》を味わいながら、さらに口中をまさぐった。

緋蝶は彩継の背中に指を食い込ませ、くぐもった喘《あえ》ぎを洩《も》らした。

ねっとりした舌の動きは、いつも緋蝶の秘芯を疼《うず》かせる。触れられていながら、どこをどのように触られているかわからないほど微妙な愛撫に恍惚《こうこつ》となり、触れられてもいない肉のマメが脈打ちはじめる。子宮の奥もざわざわと騒ぐような感じがして、たまらなくなる。

緋蝶は自分の舌を動かす余裕などなくなり、一方的に唾液を奪われながら、疼く秘園を持て余していた。

彩継の手が乳房をつかみ、人差し指と中指で乳首を挟むと、ゆっくりと揉みしだきはじめた。

乳首を締めつけたりゆるめたりする二本の指が、新たな疼きをもたらした。そのかすかな強弱による疼きは、すぐさま女園へと駆けていく。

乳首だけでなく、唇や首筋やうなじや背中……躰《からだ》のすべてが女園と繋《つな》がっている。どこを刺激されても、肉のマメや子宮が疼き出す。

同じ行為を繰り返すだけで、彩継はなかなか次の行為に移らない。口の中をまんべんなく動く舌と、左右の小さな果実を挟んでは放す人差し指と中指……。

ただそれだけで、緋蝶の秘園はとろとろと熱い蜜《みつ》を噴きこぼしていた。

初めて彩継の肉茎が躰の中心を貫いたとき、かつて経験したことがない激しい痛みに声をあげ、破瓜《はか》の真っ赤な血に怯《おび》えた。

それが、夫婦の営みを重ねるたびに、痛みどころか、総身がとろけるような喜悦を感じるようになった。

肉の悦《よろこ》びを覚え込んだときから、彩継からのアブノーマルな恥ずかしい行為を受けるようになった。屈辱の行為さえ、いつしか悦楽に繋がるようになっている。

恥ずかしければ恥ずかしいほど、不思議な快感が伴い、終わってしまうと、それ以前より彩継が近くなっている。近くなるというより、一体になっている気がする。それなのに、あまりの羞恥《しゅうち》に、しばらくは彩継の顔をまっすぐに見つめることができなかった。

乳首をいじっていた手が離れ、下腹部の翳りをまさぐった。

彩継が疼いている部分に触れてくれるのだと、緋蝶は期待した。

しかし、翳りだけ撫《な》でた手は、無情に乳首に戻っていった。

(もうすぐ……)

緋蝶は胸だけでなく、軽く腰を突き出して、直接的な行為をさりげなくねだった。

彩継は気づかない振りをして、同じ行為を繰り返していた。

女を燃え立たせるには、焦《じ》らすことだ。焦らすことによって性感帯がより研ぎ澄まされる。焦れる前に焦って動いても、努力の何分の一かしか伝わらない。下手をするとまったく徒労に終わる。眠ったまま食事させるのではなく、しっかりと目覚めさせ、腹を空かせてから食卓につかせるのが利口だ。それには、たっぷりの時間を惜しみなく使うことだ。時間を気にしていては、爪先から髪の毛の先までを、とろとろにすることはできない。

緋蝶の舌が動きはじめた。焦れている。疼きを癒すには、自分の舌を動かすしかないのだ。動かせる両手は彩継の背中にまわっている。次の行為を催促するように、背中をきつく締めつけてくる。

顔を離し、言葉で意志を伝えることも、彩継の肉茎をつかんで、それが欲しいと態度で示すこともできない。まだ正常な判断力があるうちは、緋蝶は決して恥ずかしい行為をねだることができない。

緋蝶との根比べが、彩継には楽しい。緋蝶の正常な意識がなくなってからの言葉や動きが、彩継を昂ぶらせる。

これが若い女になると、簡単に行為そのものをねだり、無視していると、自分で剛直を握って秘口に当て、女壺に引き入れて、さっさと腰を動かすこともある。

セックスにも情緒が必要なのだ。彩継はつまらない女とのセックスは途中でやめたくなる。これが同じ動きをしても、緋蝶となると、まったく趣が異なってくる。

ふたつの舌が絡まった。緋蝶の切なそうな息が鼻から洩れている。必死で舌を求めている緋蝶がいじらしい。四十路を越しているというのに、まるで幼児のようだ。

舌を絡ませた緋蝶の腰がもじついている。

「何もしないうちから濡《ぬ》れてるんじゃないのか？」

顔を離して緋蝶を見つめた。

緋蝶はさっと目を反らしてうつむいた。

この自然なしぐさがいい。オスはこんなメスのさりげない動作で獣になる。蹂躙《じゅうりん》して腹一杯食べたくなる。

「小夜達は、まだ起きているかもしれないな。私達がここでこんなことをしているとは、想像もできないだろう。あのふたりはまだ子供だ。いくら性が氾濫している世の中になったとはいえ、あのふたりは、どうやってセックスをするかも、まだ知らないはずだ」

小夜は処女だが、瑠璃子はすでに女になり、今は彩継によって、アヌスの快感さえ覚え込もうとしている。だが、緋蝶は何も気づいていないにちがいない。

「早く部屋に戻らないと……」

ひととき忘れていた小夜達のことを思い出し、緋蝶は我に返って呟《つぶや》いた。

「まだ始まったばかりだ。朝までここにいたっていいだろう？」

わざとふたりのことを口にした彩継は、乳首を口に入れた。

「あう……せめて小夜ちゃんだけのときにして」

「ほう、小夜にいい声を聞かせたいのか。それとも、こうやっているところを見せたいのか。大人はこうして気持ちよくなるのだと教えたいか」

「そんな……あう……もしも……もしも、何か気づかれたら……あう……お願い、今夜はいや」

他人を気にしはじめた緋蝶は声をひそめ、喘ぎを堪《こら》える。それを眺めるのもいいが、最後にどうしようもなくなり、我を忘れて喜悦に浸り、声を上げる緋蝶を眺めるのが、彩継の最高の悦びであり興奮だ。

「あなた……いや……今夜はいや」

「いやでもココを濡らすのか」

肉のマンジュウのワレメに指を押し込むと、緋蝶が、あっ、と短い声を上げた。

ぬるりとした蜜が人差し指を覆った。それをすぐに引き、緋蝶の目の前に持っていった。

「ヌルヌルしてるぞ。いやでもおまえは濡れるのか。いつからそうなった？」

緋蝶は指先から目を反らした。

「早く太いのを入れてもらいたくて濡れるんじゃないのか？」

グイと引き寄せ、ワレメに沿って人差し指全体をぴたりと当てて食い込ませ、細かく振動させた。

花びらと肉のマメを同時に刺激され、緋蝶が甘やかな声を上げて身悶《みもだ》えた。ぬめりが増した。

「いや……」

「これがいやなのか」

指を離すと、緋蝶が気の抜けた声を洩らした。

意地悪く焦らすのは楽しい。緋蝶を毛氈に横たえ、二の腕を押さえ込んで、首筋や脇腹を舐《な》めまわした。そのうち臍《へそ》のあたりまで舐めていき、鼠蹊部《そけいぶ》に舌を這《は》わせた。

秘園に近づいても、決して女園には触れない。それを繰り返していると、緋蝶は腰をくねらせ、ときには突き上げるようにして誘った。

それでも無視していると、会陰からアヌスに向かってトロッと蜜をしたたらせる緋蝶の息が荒くなってくる。肉のマメが脈打っているはずだ。

「いやいや……あなた、いや」

もどかしげな緋蝶の声だ。

「いやなら、太い奴を入れるわけにはいかないな」

いつまでたっても意地悪い言葉しか出さない彩継に、緋蝶が眉間《みけん》の皺《しわ》を深くして、誘うような喘ぎを洩らした。

ひっくり返して、背中を舐めまわした。

産毛の生え方に逆らって舌を這わせること。それが女の快感を増幅させる。一見するとつるつるの緋蝶の肌だが、舌で辿《たど》ってみると、柔毛があるのがわかる。産毛がなければ、それだけ肌は鈍感になる。緋蝶の産毛は快感を増長させるための女の宝だ。

「あは……あう……あなた……あ……」

肩先だけでなく、緋蝶の腰が淫《みだ》らにくねった。無視して尻まで舐めていき、また首のほうに向かって舐め上げていく。蜜が毛氈にしたたり、シミを作りはじめた。

「尻を上げろ。膝《ひざ》をついて突き出せ」

緋蝶はためらいを見せたが、長く焦らされ続けたせいか、さして時間をおかず、よろよろと膝を立てていった。

「腕は立てるな。膝だけ立てろ」

緋蝶の荒い息づかいが聞こえる。

羞恥と火照《ほて》りの狭間《はざま》で、ようやく求めていた行為をしてもらえるのだと期待しているのがわかる。だが、朝までの長い時間を思い、彩継は容易にひとつになったりはしない。

明かりを落とした蔵の紅い毛氈の上で、白い女体が息づき、豊かな尻肉だけが破廉恥に掲げられている。

彩継は硬く閉じている膝を両手でこじ開け、肩幅ほどに広げた。

メスの器官がよく見える。ぬめついて色づいてきた器官は、湯気をたてているようにさえ見える。後ろのすぼまりが羞恥にひくつくと、前の器官も収縮する。蜜がつっとしたたっていく。

「いい尻だ。いっしょになったころは小さな尻だと思っていたが、だんだん美味《うま》そうな肉がついてきたな」

豊かな曲線を描いている双丘が落ちた。

「落とすな！」

低くなった尻に、彩継は間髪容れず叱責《しっせき》した。緋蝶が、また尻を持ち上げた。

「いい尻だ」

豊臀を撫でまわすと、艶めかしく左右に揺れた。

「自分でアソコに指を入れろ」

尻を撫でながら命じた。

「いや……」

あえかな声がした。

「一度で言うことを聞けないのか」

秘口近くの蜜を指で掬《すく》うと、緋蝶が喘いだ。それを後ろのすぼまりに擦《こす》りつけた。

「指を入れろと言ってるんだ」

「いや……」

「そうか、いやなら私が入れてやろう」

彩継は唇を歪《ゆが》めた。そして、そっと右の中指にコンドームを被《かぶ》せた。

「どうしても自分の指を入れる気にならないってわけだな？」

「いや……」

緋蝶はかすれた声で、また拒んだ。

「わかった。私が入れてやる。そのかわり、後ろにな」

中指を、蜜をこすりつけたすぼまりに押し込んだ。

ヒッと声を上げた緋蝶が硬直した。菊花はキリキリと指一本を締めつけてくる。

「指を入れろ」

ぐぬりと菊花の周囲を広げるように指を動かした。

「くっ……しないで」

「ココも好きだろう？　さっさと前に指を入れろ。太い玩具《おもちゃ》を後ろに入れるか？」

抵抗するすぼまりをいたぶるように、指で大きく円を描いた。

声を上げる緋蝶の尻肉や背中に、うっすらと汗が滲《にじ》んできた。

「指を入れろ」

緋蝶の右肩が動き、指が秘園へと動いていった。

「おまえの指と私の指で、仲良く話をしよう。奥まで押し込め」

緋蝶は自分の人差し指を、熱い女壺に沈めていった。彩継の後ろの指も沈んだ。

緋蝶は恥辱と快感に喘がずにはいられなかった。

彩継の指が、薄い皮一枚隔てて沈んでいる。その指が自分の秘壺に沈めた指と触れあっている。

「指を動かせ。ゆっくりと出し入れしろ。しばらく自分でやるんだ。自分の指で、もっとぬるぬるにしろ。そしたら、私の太いものをくれてやる」

緋蝶の指が動きはじめた。彩継も動かした。女壺のようなスムーズな抜き差しとはいかないが、徐々に後ろも濡れてくる。汗なのか、快感による蜜のような分泌物なのかわからない。

菊口が柔らかさを増していく中で、後ろの粘膜も、じっとりと湿り気を帯びてくる。

「ああ……あなた……こんな……こんな恥ずかしいこと……」

彩継が口を噤《つぐ》んでいると、破廉恥なことをしていながら静かすぎることに絶えきれなくなり、緋蝶が譫言《うわごと》のようにしゃべりはじめた。

「こんなこと……いや……もういや……あなた……何か言って……こんなこと、させないで……こんな恥ずかしいこと」

「こんな恥ずかしいことか。それが好きで好きでたまらないんだろう？　私がいるというのに、ケツを上げて性器を丸出しにして、自分の指をオ××コに入れて動かしてるんだからな」

「いやあ！」

とびきり下品な言葉で囃《はや》すと、緋蝶は女壺から指を出し、尻を落とした。

「指を出していいと言った覚えはないぞ。ケツを落としていいと言った覚えもないぞ」

「いやいやいやいやいやいや！」

さっきまでは恥ずかしさより快感が勝っていた。だが、今は屈辱のほうが大きい。

快感と屈辱の間を行ったり来たりさせられるのはいつものことだ。破廉恥極まりないことをしていたと意識してしまうと、死にたいほどの羞恥に身の置きどころがなくなってしまう。

「元の姿に戻れ。尻を上げて指を入れろ」

「いや！　できません。いや！」

「たった今、やっていたじゃないか」

「いや」

「せっかくぬめついた穴があるのに、指を入れられないということか。うん?」

緋蝶は総身でイヤイヤと拒絶した。

「使えない穴は塞《ふさ》ぐに限るな」

ねばついた視線で緋蝶を眺めた彩継は、綿の縄を取ると、間隔をあけてふたつの縄玉を作った。綿の縄は肌にやさしい。繊細な部分に使うにふさわしいいましめだ。

緋蝶は後じさった。

これから何をされるか、その縄玉を見ただけでわかる。秘口と後ろのすぼまりに、ちょうどふたつの縄玉が当たる間隔だ。

彩継は緋蝶のアヌスと秘口の間隔を覚え込んでいる。いちいち計るまでもなく、見当をつけて作れば、ぴたりとそこにはまる。

縄玉を作った縄は足元に置き、もう一本の縄を手にして緋蝶に近づいた彩継は、逃げようとした獲物を難なく捕らえて後ろ手にくくりはじめた。

「かんにん……あなた、許して」

「してくださいだろう?　くくられるのが好きなはずだ」

両腕を背中にまわして、重なった両手首の二の腕に近いほうに縄を巻いた。いったん縄留めし、余った縄を前にまわして乳房の上方にまわし、後ろに戻って、今度は乳房の下にまわしていく。乳房が上下から絞られたところで、両手首を拘束している背中の縄にくぐらせて留めた。

緋蝶の乳首はツンとしこり立っている。

「もっと時間をかけた縄化粧をしてほしいか？　これじゃ、もの足りないか」

後ろ手胸縄にいましめられた緋蝶は、肩で息をした。

「早く股《また》ぐらの縄がほしいか」

「かんにん……」

「穴を塞がれるのが惜しいんだろう？」

左の乳房をつかんで、高鳴っている緋蝶の心臓の音を確かめた彩継は、胸縄に縄玉を作った縄を通して繋ぎ、腹部へと下ろしていった。縄を避けようとする緋蝶を押さえ、縄を股間から後ろへと通して引き上げた。

「あう」

縄は肉のマンジュウのワレメを割って真《ま》っ直《す》ぐに下り、肉のマメを押さえ、花びらを割っていき、秘口を縄玉で塞ぐと、後ろにまわって、アヌスに縄玉を沈めて背中へとまわっていった。

縄玉はピッタリとふたつの窪《くぼ》みを塞いでいる。

「今夜の縄ふんどしの具合はどうだ」

彩継は縄玉のついた縄を後ろ手にした縄に繋いで留めず、そのままクイクイと引き上げて玩《もてあそ》んだ。

「あう……あっ……いやっ」

縄が背中へと引っ張られるたびに、緋蝶は股間を庇《かば》おうと、滑稽《こっけい》な動きをした。しかし、わずかに縄を引っ張る彩継の力加減の巧みさに、敏感な器官がほどよくいっしょに刺激され、熱い潤みが溢《あふ》れ出た。

「ああう……あは……あなた」

肩先をくねらせ、切ない甘声を洩らす緋蝶は、脈打つ肉のマメと、火照っている秘口やアヌスに、朦朧《もうろう》としてきた。

彩継は緋蝶を立たせたまま、その前で胡座《あぐら》を掻《か》き、肉のマンジュウをくつろげた。胸から足元に向かって垂直にたらりと下がった縄の、股間に食い込んでいた部分が、ヌメヌメと光っている。縄玉はとろとろの蜜にまぶされ、ワレメに当たっていた部分全体が、銀色に輝く糸を引いていた。

彩継は秘口に指を二本、押し込んでいった。

緋蝶が腰をくねらせた。

蜜壺は熱く滾《たぎ》っている。ドロドロに溶けたマグマが詰まっているようだ。

「こんなに熱いと、すぐに指がふやけてしまいそうだ」

彩継は奥まで指を沈めると、ゆっくりした出し入れを開始した。

その動きがあまりにも緩慢で、すぐに緋蝶は焦れてきた。モゾモゾと尻を動かし、徐々に腰を突き出した。彩継に、より強い刺激を求めるしぐさだ。

彩継は指を秘壺に押し込んだまま、緋蝶のかすかな動きを楽しんだ。

「あ……あなた……もっと」

緋蝶が切なそうに哀願した。

「もっと何だ」

「オユビをもっと速く動かして……」

両手が自由なら、緋蝶はむず痒《がゆ》いようにジンジンしている秘園に押し当てたかった。

「指でいいのか。もっと太いものでなくていいのか」

「入れて……あなたのもの」

緋蝶は熱い息をこぼしながら、彩継を見下ろした。

「今夜はおまえのココが紅く色づくのを見たい。もっと紅く、庭の楓より紅く。だから、衣紋掛けに秋の夜が描かれた友禅を掛けたんだ。秋の山を照らす満月。それを背景に、真っ赤なもみじ。なかなか芸術的だろう？　おまえの花びらだけでなく、ココ全体が真っ赤になるのを見るには、まだまだ私のものを押し込むわけにはいかない。しばらくこうしているに限る」

『今夜、楓の葉のように、おまえの花びらが真っ赤に色づくのを見たい』

庭でそう言った彩継の言葉を、緋蝶も忘れていなかった。

瑠璃子も屋敷に泊まっているだけに、彩継とふたりで夜中に蔵に入るのははばかられたが、こうなってしまうと、一時も早く疼く躰を癒してほしいだけだ。

「太いのを入れると、せっかくのおまえのもみじが見えなくなるしな」

「見えるのはご存知のくせに……ひとつになったまま、よくそこをご覧になるくせに」

緋蝶は恨めしそうに言った。

ぴったりとひとつに結ばれた部分を眺めながら、彩継は緋蝶を言葉でいたぶったり、肉のマメを指でいじったりする。剛直を挿入しても、女の器官を見ることはできる。

「ああ、太いやつを入れたままでも見えるには見える。だが、このほうが、もっとよく見える。だいぶ紅く染まってきたぞ。庭の楓より紅くなったら入れてやる」

指を出した彩継は蜜にまみれた指先を鼻に近づけた。

「ああ、いや……」

緋蝶は顔をそむけた。

「おまえの匂い、オスを狂わせる匂いだ」

そのあとで彩継は、小夜はどうだろうな、と言いたかった。

まだ小夜の秘壺には、指さえ入れることはできない。小夜もかぐわしい匂いがするだろう。

しかし、熟した緋蝶とはちがう匂いのはずだ。それを知る日が待ち遠しい。

彩継は匂いを嗅《か》いだ後、指を口に入れた。

「やめて……」

緋蝶は恥辱に顔を歪めた。

「おまえのソコをいつも舐めまわしてやってるんだ。これとどうちがうというんだ」

口から出した指を緋蝶に見せるために、舌を出してもういちど舐め上げた。

「直接、舐めてもらいたいか。すぐにイケるぞ。舐めてほしければ、そう言って、もっと腰を突き出せ」

緋蝶はたまった唾液を飲んで逡巡《しゅんじゅん》した。そうしてほしいが、口に出すのは恥ずかしい。いつまでたっても、営みの最中に彩継から求められる破廉恥な言葉は、すぐには出てこない。

「なんだ、いいのか。じゃあ、やめておこう」

「いや。オクチで……オクチでして」

いつもの意地悪い言葉が彩継の口から出ると、緋蝶は慌てて腰を突き出した。

「いやらしい腰だ。まだ生え揃ってないオケケが恥ずかしくないのか。そんなに突き出して、おねだりとはな」

夏に一本残らず抜き取られた翳りは、少しずつ伸びているが、まだ元通りにはなっていない。

彩継は肉のマンジュウを両手で左右に大きくくつろげた。赤みを帯びて濡れた内側の粘膜が伸び、肉のマメと、それを包んでいる細長いサヤがニュッと顔を突き出した。

「何から舐めてほしいんだ」

ためらっていると、彩継に意地悪く中断されるのはわかっている。

「オマメ……」

緋蝶はそう言って汗ばんだ。

「クリトリスを舐めろと口にするおまえを小夜が知ったら、どんな顔をするだろうな」

「言わないで……」

緋蝶は首を振りながら、それでも、彩継の愛撫を待って、突き出し気味の腰を引こうとはしなかった。

彩継は肉のサヤ全体を唇で包み、舌で玩んだ。

生暖かい舌の感触に、緋蝶はゾクリとした。

「いい……あなた……いい」

後ろ手胸縄をされている緋蝶は、立ったまま彩継の舌戯を受けて身悶えた。

彩継は秘園を愛撫しては、顔を離して器官の色づきを眺めた。透き通った紅い色が、確実に深みを増している。だが、まだ絶頂はお預けだ。

「して……いきたい……もっと」

昇りつめようとすれば顔を離され、なかなかそのときを迎えられない苦痛に、緋蝶はますます腰を突き出した。

ほくそえんだ彩継は、たらりと下がっていた縄玉のある縄を取って股間にまわし、引き上げた。

「あう」

端整な緋蝶の顔が歪んだ。

「堪え性のないオ××コは、しばらく塞いでおこう」

立ち上がった彩継は、手にした縄尻を、両手首を重ねた背中の縄の部分に繋ぎ留めた。

縄玉は秘口とアヌスにすっぽりとはまっている。

「緋蝶、縄と私の口と、どっちが気持ちがいい？」

「今度は私にサービスする番だろう？　自分だけいい気持ちになって、ひとりでイクつもりだったのか。私に悪いと思わないのか」

「かんにん……解《と》いて」

作務衣《さむえ》を脱いだ彩継は、いきり立った肉茎を誇らしげにしごきたてた。すっくと立っている彩継の前にひざまずいた緋蝶は、大きく口をあけて彩継のものを咥《くわ》え込んだ。

頭を前後に動かしながら側面を舐めまわし、亀頭や笠の裏を入念に愛撫した。彩継は簡単には達しない。それがわかっていても、緋蝶はひとつになりたいだけに、必死に奉仕した。

疲れてくると、肉根を口に含んだまま彩継を見上げ、訴えるような視線を向けた。それでも聞き入れられないとわかると、諦めて口戯を再開する。

しかし、何度か続くと肉茎を口から出した。

「痛い……アソコが痛いの……解いて……」

痛いというより疼く。縄玉が食い込み、始終、秘口とアヌスに刺激を与えている。それだけでなく、縄玉のない部分も花びらを割り、敏感なところを絶えず締めつけ、刺激をもたらしている。

「熱い……あなた……お願い。して」

気が遠くなるほど待たせ続ける彩継に、緋蝶はついに絶えきれず、すすり泣きはじめた。

「明日の昼まで、縄ふんどしをしたまま小夜達と過ごしてもらう。それを約束するなら、おまえの望みを聞いてやってもいいぞ。そのくらいなんでもないだろう？　着物を着ていれば、その下がどうなっているか、誰にもわかりはしない」

「そんな……あの子達の前でそんな……」

破廉恥な命令を緋蝶はいったん拒んだが、焦らされ続けてきた苦痛に、ついに受け入れた。

彩継は緋蝶を拘束していたいましめを解いた。

「こんなにベトベトにして、おまえは日に日に淫らになっていく」

蜜にまみれた股間縄を、緋蝶の顔の前に差し出した。

「あなたがそうなさったの……いつも焦らして恥ずかしいことばかりなさって。私、おかしくなるわ……あの子達がこの屋敷で眠っているというのに」

「誰がいようといまいと、いつもおまえはぐっしょりと濡れる。いつでもすぐに発情するんだ」

緋蝶を倒し、剛直を突き刺した。緋蝶が喜悦の声を上げた。

彩継も我慢してきただけ、膣ヒダを押し広げていく亀頭の感触が心地いい。紙一枚の隙間《すきま》もないほど腰を合わせ、揺すりたてた。

抽送のたびに、緋蝶が我を忘れて声を上げた。

焦らされ続けた女は、悦楽を求めて一匹のメスになる。どんなに貞淑な女でも、人間ではなく、動物になって、本能のままに悦びを受け入れようとする。

「いきそう……あなた」

「まだだ」

彩継は動きを止め、合体した部分を眺めた。女の器官がいっそう紅く色づいてきた。

「素晴らしい秋の夜のもみじだ。月夜のもみじはいいものだな。今夜はゆっくり楽しもう」

衣紋掛けの友禅を見上げた後、緋蝶に視線を戻した彩継は、腰を浮かして、故意にゆっくりと肉茎を沈めていった。

3

朝になって目覚めたとき、緋蝶は気怠《けだる》さに、また目を閉じた。

「これから正午までだ」

先に目覚めていたらしい彩継の言葉に、また目を開けた緋蝶は、何のことかと、すぐにはわからなかった。

彩継は布団の中に綿ロープを隠していた。それを引っぱり出されたとき、深夜の恥ずかしい約束を思い出した。

「かんにん……ね、瑠璃子ちゃんもいるんです」

「だからいいんじゃないか。きっとすぐにおまえはロープをベトベトにする。昼には太腿《ふともも》をジュースがしたたっているかもしれないな。立て」

「かんにん……」

「股ぐらだけじゃ不満なのか。もっと縄がほしいか。それとも、バイブを入れて、その上から縄ふんどしがいいか？　そのほうが面白そうだな。遠隔操作すれば、スイッチを入れるたびに声を上げてしまうかもしれないぞ。縄玉よりいいのか」

緋蝶は即座に首を振った。

「いや。これ以上、辱《はずかし》めないで……」

緋蝶は彩継から屈辱の縄を受けた。

縄玉は今回もふたつ。秘口と後ろのすぼまりが塞がれた。最初に腰にまわされたロープから縄玉のあるロープが下ろされ、股間をまわって後ろの腰紐《こしひも》で留められた。

荒縄ではなく柔らかい綿ロープだが、動くたびに割れた柔肉に食い込んでくる。それをつけたまま家事をし、小夜と瑠璃子の前に立たなければならない。

今まで彩継とのふたりの生活でも、何度かこんなことはあったが、娘となった小夜の前での辱めは初めてだ。

「トイレに行きたいときは言え。そのときだけ外してやる。ショーツは穿《は》くな。着物ならわざわざ言う必要もないな」

緋蝶は屈辱の姿を隠すため、長襦袢《ながじゅばん》をつけ、黒地の紬《つむぎ》を着た。ロープがまわっていることを感づかれないかと気になった。

キッチンには小夜と瑠璃子がいた。

「小母さま、お早うございます」

瑠璃子の挨拶に、緋蝶の顔が強ばった。ようやく笑みを浮かべたが、頬が引き攣《つ》るようだった。

「お養母さま、瑠璃子が朝御飯を作ってくれるって言うから」

「だって、小母さまは、オジサマと、お人形の最後の仕上げで遅くなったんでしょう？　私達のために、早起きさせちゃ悪いと思って」

「お養母さま、ずいぶん、遅くなったの？」

ふたりは何かを知っているのではないか……。

緋蝶の胸は苦しくなった。

「人形のお手伝いはよくあることよ……気にしなくていいのに。お台所、代わりましょう……」

「いいの、小母さま。おみそ汁と卵焼きと、簡単な野菜炒めだけだけど」

「あと、果物と、いただいた千枚漬けがあるわ」

小夜が続けた。

ふたりは楽しそうにキッチンに立っている。何も気づいていない。緋蝶の着物の下のことなど想像するはずもない。だが、ここに来るまでの間に、すでに股間に食い込んでいるロープは緋蝶の下腹部を熱くし、官能の炎を揺らしはじめていた。

「とっても楽しみだわ。任せていいのね？」

緋蝶はふたりから離れられることにホッとしながら、夫婦の部屋に引っ込んだ。

キッチンではキャンプでもしているような歓声をときおりあげながら、小夜と瑠璃子が動きまわっていた。

「ねえ、小母さん、すごくきれいね」

瑠璃子は緋蝶がいなくなったのを確かめてから言った。

「いつもきれいだけど、きょうは昨日よりもっときれいな気がしたの。小夜はそう思わなかった？」

小夜も物心ついたときから、緋蝶を美しいと思っていた。今朝は、瞼《まぶた》のあたりがうっすら染まっているように見えた緋蝶に、大人にならなければ、こんなに美しくはなれないのだと思った。

「朝って、寝起きで、だいたいボーッとしてるように見えるものじゃない？　それなのに、小夜のお養母さんって、朝からきれいなんだもん。いいね。うちのママなんて、こんな顔してるよ」

瑠璃子は両手を頰に置き、グイと押し上げ、顔を崩して笑った。

小夜も歪んだ顔でふふっと笑った。だが、そのあとで、禁断の蔵を夜中に覗《のぞ》いた日の朝、緋蝶がやけに美しかったのを思い出し、動悸《どうき》がした。

人形の仕上げで、緋蝶に手伝ってもらうと言っていた彩継。しかし、実際は、あのときのようなことをしていたのではないか……。

紅い縄で縛られた緋蝶……。破廉恥にいたぶる彩継……。緋蝶の喜悦の声……。

「小夜……小夜ったら！」

「えっ？」

「急に黙ってどうしたのよ」

「えっ？　そう？　別に……」

「いやだ。起きたときはボーッとしてるものだって言ったら、小夜が急にボーッとなるんだもん」

「そんなことないわ。もう眠くないし……」

小夜はいつかの蔵の中の生々しい緋蝶の姿を消し去ろうと、リンゴの皮を剝きはじめた。

やがて四人での朝食が始まった。

彩継はいつものように作務衣だ。

緋蝶は正座がきつかった。椅子に座ったときより、ワレメの縄の食い込みがきつい。

「どうした？　躰の調子でも悪いか？」

彩継は故意に緋蝶に尋ねた。

「えっ……？　いいえ、別に」

緋蝶が慌てて否定し、うつむきかげんに食事を続けた。

「おいしくないかなあ……」

瑠璃子が不安そうに訊いた。

「まあ、そんなことはないわ。とっても上手で感心してるの」

緋蝶はさらに慌てて瑠璃子を誉めた。

「ちゃんと食事の用意ができるとは感心した。料理が上手《うま》いのは、オツムの感覚もいいってことだ」

彩継は自分だけが知っている緋蝶の羞恥を楽しみながら、瑠璃子を誉めた。

「感覚がいいなら、上手にお人形が創れるかもしれないってこと……でしょ？」

「ああ、そうだな」

瑠璃子は小夜を見て、嬉しそうな顔をした。

「どんなお人形が出来上がったんですか？　見たいな。凄いお人形なんでしょう？」

「まだもう少しだ。完成させるつもりだったんだが」

「出来たら見せてくれるでしょう？」

「デパートで展示会をやるときに並べるから、お母さんといっしょに見においで。招待券をあげるから」

「わあ、嬉しい！　じゃあ、そのとき、ママといっしょに写真に写ってほしいな」

瑠璃子の母親は、彩継が瑠璃子にアブノーマルな性を教え始めたことなど知るはずもないだろう。まだ十六歳の娘をいたぶっている還暦の男と知ったら、母親はどうするだろう。瑠璃子が母親に明かすはずがないとわかっていても、彩継はその場面を想像した。

会ったこともない瑠璃子の母親が、彩継をののしる姿を思い浮かべた。しかし、母親は彩継に力ずくで押さえ込まれ、ありとあらゆる破廉恥の限りをつくされているうちに、最後は女園を大洪水にして恍惚となる……。

彩継はときどき浮かべる勝手な妄想に、思わず笑みを浮かべた。

「食事が終わったら、みんなで庭の散歩でもするか。もうじき小夜侘助《わびすけ》も咲きはじめるころだ。花というのは、油断していると、いつの間にかひらいているものだ。せっかく咲いた花に何日も気づかないでいたことがわかると、見頃が過ぎて後悔することがある」

彩継は植物の花だけでなく、女という花も、油断しているといつの間にかひらいているものだと、小夜のことを思った。他の誰にも小夜の処女を奪われてはならない。

「いいなあ、小夜は。小夜侘助なんかから名前をつけてもらって。どんな花か早く見てみたい。可愛いんでしょう？」

「一重で小さくて赤いの」

小夜が嬉しそうにこたえた。

「やっぱり可愛いんだ。小母さまの名前もタレントさんみたい。緋蝶なんてステキ。緋蝶って椿、緋だから赤いの？」

「そう、鳴門《なると》緋蝶って侘助があって、赤いの」

また小夜がこたえた。

「いいなあ……」

「瑠璃子という名前だって、透きとおった、いい名前じゃないか」

彩継が言った。

「そうよ、深い湖の色。深い空の色。きれいな宝石の色。そんな感じがするし」

「ほんとは、まあまあ気に入ってるんだ」

彩継の次に小夜が誉めると、瑠璃子はくふっと笑った。

食事を終えて外に出た。

いつもより空気が冷たい。季節は確実に冬に近づいている。

四人での散歩は、彩継が自分を辱めるためなのだと、緋蝶はわかっていた。

脚を動かせば破廉恥なロープが女の器官を刺激する。彩継は、いつ緋蝶が小夜や瑠璃子の前で声を上げるかと、冷酷に観察している。

「小夜椿はまだだな」

「これが小夜椿なの？　早く見たいな」

瑠璃子がふくらんだつぼみのついた枝に触れた。

「そして、これは椿じゃなく山茶花」

　春に小夜から教えられた知識で、瑠璃子は花びらが一枚ずつ散るのは山茶花だとわかり、足元に散っている白い花びらを見て、誇らしげに花の咲いている木を指した。

「ちゃんと覚えたのね。偉いわ」

　小夜がわざと教師のような口調で言った。

「冷えるわ……戻っていいかしら」

　緋蝶は自分の恥ずかしい部分が気になるばかりで、庭を歩きまわることに苦痛を感じた。

「小母さま、風邪をひくといけないわ。今朝はいつもより寒いみたい。もっとあったかくなってから散歩したほうがいいかもしれないわ。ね？　先生」

「そうだな」

　彩継には無理に引き止める手だてはなかった。

　緋蝶は不自然な歩き方を悟られるのを恐れるように、元気な小夜と瑠璃子の後から屋敷に向かった。

　彩継は小夜の後ろ姿を眺めながら、綿を入れたやさしい丸ぐけの帯締めで、小夜の処女の股間を、緋蝶と同じように玩んでみたいと思った。

　その破廉恥な想像をキャッチしたように、小夜がふいに振り向いて彩継を見つめた。そして、慌てて、すぐに顔を戻した。

「小夜は何か気づいているのかもしれないな」

彩継はわざと緋蝶を不安にさせるように言った。

第二章　蔵の秘事

1

師走の慌ただしさの中、寒さもいっそう厳しさを増してきた。山茶花は満開となり、早咲きの椿も、わずかずつ、ひらきはじめた。

緋蝶は正午過ぎに出かけた。帰りは夜になるだろう。

緋蝶の外出がわかったときから、小夜は落ち着かなかった。

初めて彩継に恥ずかしいところを見られてから、週に一度は処女検査をすると言われたが、緋蝶の老人ホームへのボランティアが週末からウィークデイになり、彩継とふたりきりになる日が少なく、小夜は恥ずかしい検査を免れていた。

それでも、すでに片手では足りないほど、秘しておきたい部分を見られている。

緋蝶の留守に合わせて、瑠璃子の家にでも出かけようかと思っていたが、それより先に彩継から、家にいるようにと言われてしまった。ピンで胴体を刺された昆虫のように、手足は動かせるというのに、躰が動かない。勝手に外出する勇気がなかった。

彩継から逃げたい。しかし、彩継とふたりきりになりたいときもある。彩継の弟子になって人形作家になりたいという瑠璃子に、彩継を取られたくないとも思う。

彩継から逃げたいのか近づきたいのか、いくら考えても、今もってわからない。これまで幾度となく考えてきたことだ。

「もうじき冬休みになるな。おまえにとって、ここに来て初めての冬休みだ。ここが本当の椿屋敷になるのが、これから春までだ。毎日、庭に出てみるといい。小夜侘助の後に、胡蝶《こちょう》侘助も鳴門緋蝶も咲きはじめる。胡蝶侘助は、きっと年明けになるな」

ふたりきりになった屋敷で、彩継は玄関に挿された白椿のつぼみを見て言った。

「亡くなったお母さんに会いたいか」

今さらどうしてそんなことを訊くのだろうと、小夜は彩継を見つめた。会いたいのは当然だ。だが、この世では二度と会えないのもわかっている。

彩継の目が眩《まぶ》しかった。養父でありながら、すでにその一線を越えている。処女でありながら、タブーを犯している意識があった。

「亡くなったお母さんに会いたくないのか」

黙っている小夜に、彩継がまた尋ねた。

「二度と会えないのに……どうしてそんなことを訊くの？　いつもそばにいてくれるような気がしてるけど……」

哀しみがこみ上げてきた。涙が溢れた。

緋蝶のようにやさしい養母もいっしょに暮らしているというのに、ふいに本当の父や母と暮らしていたころが甦《よみがえ》ってきた。いつも幸福だった。辛《つら》いことは何もなかった。

何もかもが恋しい。何もかもが哀しい。幸せだと言い聞かせてきたのに、鬱積《うっせき》していたものがいちどに溢れ出し、涙になってこぼれ落ちている。

「悪かった」

胸に抱き寄せ、やさしい口調で詫びる彩継に、小夜はいつもとちがう男を感じて戸惑った。よけいに涙が溢れ、肩先が震えた。

「お母さんに会わせてやろうか」

できるはずがないことを、彩継が口にした。

「緋蝶にも言っていない秘密がある。小夜が絶対にそのことを洩らさないなら、見せてやってもいい。おまえの亡くなったお母さんの生き人形がある」

泣いていた小夜は、ハッとして顔を上げた。

涙でぐしょぐしょになった小夜を見つめ、彩継の心が騒いだ。紅く染まった鼻、濡れた頬。美しすぎる被虐の顔だ。

犯したい……。

彩継の体内を熱い血が駆けまわりはじめた。

「お母さまの人形……本当にあるの……？」

すぐには泣きやむことができず、小夜はしゃくりながら訊いた。

「ある。蔵に大事に置いてある。見たいか」

小夜はすぐに返事ができなかった。

興味を持つのは当然だ。だが、どんな人形なのか。生き人形なら、胡蝶そっくりなのか。そっくりの人形を見たとき、どんな気がするのか……。

人形作家としての彩継の腕が確かなだけ、恐ろしかった。それでいて、胡蝶の人形があるのがわかった以上、見ないではいられないのもわかっている。

「無理に見ろとは言わない」

「見せて……」

「誰にも言うな。緋蝶にも友達にも。約束できるか」

小夜はこくりと頷いた。

廊下を歩いて工房に向かうとき、小夜の心臓は激しい音をたてはじめた。

(会える……本当に……? お母さまがいるの?)

いつしか人形ではなく、生きている実の母が待っているような錯覚に陥っていた。鼓動は激しくなるばかりだ。

分厚い観音扉の内側の板戸が開いた。

養女になってから、無断で入ってはならないと言われていた工房に、夜中、こっそりと入り込み、その奥の禁断の蔵を覗いて、緋蝶と彩継のアブノーマルな行為を知ってしまった。

だが、覗いただけで入っていない。

最後に蔵に入ったのがいつだったか、幼すぎて忘れてしまった。まだ胡蝶が存命だったときだ。

数カ月前の衝撃の光景を、小夜は夢だと思い込もうとした。しかし、観音扉の前にハンカチを落としていたと言われ、それを見せられると、現実だとわかった。

蔵を覗いたことがきっかけで、何かが確実に変わりはじめた。柳瀬家の養女として平穏に生きていた日々は、わずか半年ほどで終止符が打たれた。

蔵に入ろうとすると、足がすくんだ。彩継と緋蝶の淫靡《いんび》な光景が頭に浮かんだだけでなく、亡くなった胡蝶がそこにいるかもしれないという、期待と恐れからだ。

「見たくないのか?」

彩継が尋ねた。

彩継の気が変わらないうちにと、小夜は反射的に躰を入れた。

彩継が板戸を閉めた。

小夜は彩継とふたりになったのを強く意識した。自分の部屋でふたりになるより、もっと恐ろしかった。

蔵の外とはちがう空気が澱《よど》んでいる。背中がゾクリとした。

「お母さまのお人形、本当にあるの……?」

ひとときの沈黙も耐え難く、小夜はすぐに口をひらいた。

「私が嘘をついたことがあるか?」

板戸の隙間から覗いたときには気づかなかったものが、目の前に広がっている。一角に並んでいる棺桶《かんおけ》のような大きな桐箱に、小夜は目を留めた。

「あれ……何が入っているの……?」

「大事な人形さ。小夜のお母さんもな」

小夜は胸を喘がせた。息苦しい。胡蝶に会いたいと思っていたのに、急に、来てはならないところに入り込んでしまった後悔に苛《さいな》まれた。

「いいな、約束は守るんだぞ。緋蝶にも言うな。守れるな？」

澱んでいた空気が、いつしか鋭利な刃物のように肌を刺している。恐怖だけがつのってくる。

もう胡蝶の人形を見なくてもいい。ここから出たいと小夜は思った。

すでに胡蝶はこの世にいない。体温が下がっていき、やがて氷のように冷たくなった。そして、葬儀のあとで骨になった。白い無機質の骨を拾ったことも思い出した。

（ここから出して！）

小夜は心で叫んだ。だが、声にはならなかった。

「約束できるな？」

彩継が念を押した。

小夜は不自然に頷くしかなかった。

「よし、約束だ。おまえのお母さんに会わせてやる」

彩継は紅い毛氈を広げると、誰にも見せたことのない胡蝶の人形を、大きな桐箱から取り出し、横たえた。

「お母さま！」

毛氈に置かれるまでは彩継の躰に隠れていてわからなかったが、彩継が人形から躰を離すと同時に、小夜はあまりの驚愕《きょうがく》に目を見張った。

在りし日の胡蝶だ。生きているとしか思えない。

整えられた髪に、鼈甲《べっこう》の可愛い飾りが挿してある。縁が白く、芯が紅い、いかにも胡蝶佗助に似た椿を描いた萌葱《もえぎ》色《いろ》の友禅を着た胡蝶に駆け寄り、小夜は肩先に手を置いて揺すった。

「お母さま！」

そのとき初めて、自分の知っている胡蝶よりひとまわり小さいことに気づいた。

「お母さま……」

小夜は人形を凝視した。

亡き胡蝶が生きていたのだと、人形を見た瞬間、本気で思ったが、そこに横たわっているのは、胡蝶そのものという顔をしていても、胡蝶ではないのだ。しかし、体温があり、血管があり、あたたかい血が流れているような気がする。

「お母さま……お母さまみたい……生きてるみたい……私を見てくれてるみたい」

人形と自覚したものの、久しぶりに胡蝶に会ったような気がして、胸が熱くなった。

「お母さま……」

うっすら紅が載っている頰を撫でた。濡れているような唇にも触れてみた。着物の袖《そで》から出ている指先にも触れた。

美しすぎる。こんなにも胡蝶は美しく輝いていたのだ。亡き母に対する思いが、切なく迫ってきた。

「お母さま……何か言って……小夜はここにいるのよ。何か言って」

あまりにもよくできた人形だけに、語りかければ今にも動きだしてくれるような気がする。

「気に入ったか」

背後の彩継が訊いた。

「あんな箱に入れないで。お母さまが可哀想。こんなところに置いておかないで。お母さまが淋《さび》しいわ。いつもは暗いんでしょう？　こんなところはいや」

いつから胡蝶はここにいるのだろう。小夜は胡蝶の孤独を痛いほど感じた。

「淋しくないように、小夜の人形もいっしょに置いてある。お母さんが淋しがるはずがない」

小夜の人形はまだ見せないつもりだったが、彩継は成り行きでそう言った。

「私の人形……？」

「ああ、お母さんがひとりじゃ淋しいと思って、おまえの小さいときの人形もいっしょに創ったんだ」

胡蝶人形を創る何年も前に出来ていたことを隠した。

棺桶にも似た桐箱が並んでいる一角に行き、彩継は小夜人形を抱きかかえるようにして出した。

「見ろ。お母さんはいつも、幼かったおまえといっしょだ」

胡蝶人形の横に並べて横たえられた幼子の人形を見て、小夜はまたも驚きの目を向けた。やはり生きている。アルバムの中の写真に残っている昔の自分が、そのままそこにいた。自分がふたりいるような、それなら、今、息をし、それを眺めている自分は何者だろうという、漠然とした疑問……。

小夜は瞬《まばた》きを忘れて幼い自分を見つめ続けた。触れると、やはり動き出しそうだ。精巧さに感嘆するより、もうひとりの自分の存在への恐れがあった。

「似ているだろう？　このこともないしょだ。緋蝶も知らない」

小夜は恐る恐る人差し指を伸ばし、人形の頬をつついた。その瞬間、人形が動き出すような気がして、熱いものに触れたときのように、さっと指を引いた。

彩継が笑った。

「きれいな着物も着せてやったぞ。気に入ったか？」

豪華な花車が描かれた紅い着物、黒地の帯に、紅い帯締めと萌葱色の帯揚げ。筥迫《はこせこ》や末広まで整っている。

髪を上げ、縮緬《ちりめん》の髪飾りをつけ、びら簪《かんざし》を挿した小夜人形は、うっすら化粧して、やけになまめかし込んでいる。

「七五三のとき……」

「そうだ、可愛かった。そのときの小夜を、そっくりそのまま思い出して創った。あのとき、写真も撮ったしな。小夜といっしょなら、お母さんも淋しくないはずだ。安心したか」

着物に隠されているふたりの下腹部は秘密だ。特に、胡蝶の下腹部は、まだ見せるわけにはいかない。

「毎日、見たい……」

小夜はまた胡蝶の人形を見つめた。

「小夜も人形を創りたいと言ったな。小夜が人形創りでもはじめれば、頻繁にここに入るようになっても、緋蝶は不自然に思わないだろう。でも、瑠璃ちゃんにはないしょだ。ここは私の神聖な仕事場だ。とっておきの生き人形はここで創る。人に邪魔されたくない」

瑠璃子より自分が深く受け入れられているとわかり、小夜は単純に嬉しかった。だが、その後で、神聖な仕事場と言われたこの蔵で、緋蝶と淫らな行為を行っていた彩継を思い出し、息が乱れた。

「小夜……」

小夜の心中を覗き見たように、彩継がゆったりと名前を呼んだ。その目は、今までの養父の目ではなく、獲物を狙ったハンターの目に似ていた。

小夜は人形に救いを求めるように、生きているかに見える胡蝶の目を見つめた。

「亡くなったお母さんの意に添うように、私はおまえを守り育てる義務がある。おまえが学校に出かけるたびに、私がどんなに不安になっているか、考えたこともないだろう？　一歩、外に送り出したときから、よからぬことばかり考えてしまう。おまえがあまりに美しい女に育っていくからだ。男達は危険な刃《やいば》にしか見えない。誰か好きな男でもできてるんじゃないだろうな？」

小夜は大きく頭《かぶり》を振った。

「じゃあ、その証拠に、いつものように、大事なところを見せてもらおうか」

イヤイヤと頭を振りながら、小夜は泣きそうな顔をした。

逃げられない。板戸が閉まっている。まずそこを開けなければ蔵から出られない。分厚い漆喰《しっくい》の観音扉はいつも開いているが、閉じている板戸の前で簡単につかまってしまう。

「何度も見せてきたじゃないか」

小夜は簡単にショーツを脱ぎ、脚をひらいたりしない。けれど、最後には追いつめられて、彩継の意志のままに屈辱の検査を受けることになる。

「もしかして、あれから、よからぬ男と過ちを犯したんじゃないだろうな？」

彩継の自由にならなければならないのがわかっていても、小夜はただ首を振った。

「好きな男ならいい。その男が常識のある立派な男なら。だが、おまえはまだ来月にならないと結婚できる歳《とし》にもならない。いや、いくら法律的に結婚できる歳になっても、簡単に躰を許すようなことは許さない。おまえは私の娘であると同時に、大切な深谷家からの預かりものだからな」

「そんな人、いません……瑠璃子に聞いて……いつもいっしょだから」

「四六時中いっしょじゃあるまいし、そんなことをあれこれ言うより、もっと簡単に私を納得させることができるはずだ。私は見なければ納得しない。見れば納得できるということだ。百の言葉より、ひとつの真実で納得できる」

小夜の鼻頭が紅く染まってきた。

「いや……もういや」

「見せられないわけがあるのか。そうなのか」

首を振って否定した。

小夜は自分の気持ちに、どう対処すればいいか迷っていた。

彩継に従えないのは、恥ずかしすぎるからだ。だが、その羞恥が、いつしか昂ぶりになっているのがわかる。

指で恥ずかしいところを触ってしまう夜の行為は、今も続いている。そのとき、妄想に出てくるのは彩継だ。

彩継と緋蝶のアブノーマルな行為を覗き見たときから、それまでにない妄想を浮かべて、ひとり遊びをするようになった。

彩継から信じられないような処女検査をされたときからは、なおさら彩継を脳裏に浮かべ、理不尽なことをされている切ない気持ちになって指を動かした。

養父でいながら酷《ひど》い男だという思いと、彩継にそこを触れられるときの、自分の指では得ることができないやさしすぎる動きへの誘惑。それは、瑠璃子の指ともちがう。そして、秘所を辿った舌の生あたたかい感触と快感も、毎日のように小夜の心を揺さぶっている。

瑠璃子は小夜と休んでも、秘所に触れようとしなくなった。物足りなさより、ホッとする気持ちのほうが大きい。

それとは逆に、彩継の指と舌が、今度はいつ触れてくるのかと、苦痛と甘やかさの伴った気持ちで待っている……。

小夜は彩継の行為を憎んではいない。最初はショックだけだったが、それをきっかけに、自分の中に潜んでいた得体の知れない生き物が目を覚ましたような気がした。

彩継を信奉する瑠璃子を、ただ微笑《ほほえ》ましく思っていたが、それは、瑠璃子が屋敷にやってくるようになった最初のころだけだ。瑠璃子が彩継に近づけば近づくほど、焦りや嫉妬がふくれ上がっていく。

養父は父であるという事実。しかし、血を分けた実の父ではないという、もうひとつの事実。

小夜はそのふたつを、そのときどきの自分の思いによって使い分け、自分の気持ちを正当化していた。

「素直になれない悪い子は、くくるしかないか？」

小夜は久々の彩継の行為に誘惑されていながら、いつものように拒んだ。

そうか、わかったと、彩継が諦めれば、安堵《あんど》するどころか、後悔しそうな気がする。それでも、心と裏腹に拒絶することしかできない。

今でも破廉恥な検査をされた後は、数日、彩継と視線を合わせることができない。その不自然さを、いつ緋蝶に悟られるかと危惧している。

「わかった。いつまでもそんな態度をとるなら、くくるしかないな」

彩継が紅い縄を取った。

「いや！」

緋蝶をくくっていた縄が甦り、小夜は声を上げた。

「ますます怪しくなってきた。力ずくでも調べるぞ」

彩継は小夜の腕をつかんでグイと引き寄せた。

「ヒッ！　いや！　言うことを聞きます。くくらないで！　お養父さま、お願い！　いやあ！」

小夜はこれまでにない声を上げ、全力で抗《あらが》った。

「くくらないで！　お願い！　おとなしくします！　約束します！」

いつもとちがう想像以上の抗いは、彩継をいっそうそそった。

「おとなしくするのか？　本当か？　約束を破ったら、おまえが恥ずかしい本を見ていたことも緋蝶に言いつけるぞ。これから緋蝶にも立ち会ってもらって、いっしょにおまえのあそこを調べることになるかもしれない」

「いや。お養母さまには言わないで。もう逃げません。約束します」

これ以上抵抗して、緋蝶まで出てくるのは小夜の本意ではない。ここまで追いつめられて彩継に従うのなら、半分は自分の意志ではないと認めてもらえるだろう。それに、紅い縄で緋蝶のようにくくられるのは心底怖かった。

「それなら、自分で服を脱ぎなさい。全部だ。躰のどこかに、キスマークでもついていたら大変だからな」

「そんなこと……そんなことないわ。本当です、お養父さま……」

「そう言い切れるなら、見せれば済むことだ。また駄々をこねるつもりか」

首を振った小夜は、荒々しい恥辱の息を吐いた。

「お養父さま、ひとつだけお願いを聞いて……」

「何だ。聞いてやれることとやれないことがあるぞ」

「お母様に見られたくないの……お母さまのお顔を隠して」

彩継はなるほどと、幼い小夜と並んで横たわっている胡蝶人形を見つめた。

魂を込めて創っただけに、胡蝶はただの人形ではなく、魂を持っている。いったん意識してしまうと、甦ってそこにいる胡蝶の前で、その実の娘の秘所をくつろげて見るのは、彩継としても気になった。

彩継は胡蝶人形を元に戻し、箱の蓋《ふた》を閉めた。

2

小夜は胡蝶が隠れたことを確かめた。

「お願いは聞いてやったぞ。さあ、脱ぐんだ」

小夜は背中を向けて服を脱ぎはじめた。だが、薄いブルーのブラジャーとショーツだけになると、動きが止まった。

ほっそりした少女の躰が、澱んだ空気を押しのけて、そこだけ眩しく輝いている。

小夜は肩越しに彩継を窺《うかが》い、目が合うと、すぐさま顔を元に戻した。

大きな長持ちに肌布団を敷いた彩継は、初めての蔵での検査が新鮮でわくわくした。

「これがベッドの代わりだ」

まだブラジャーを外していない小夜は、振り返って長持ちを見つめ、彩継の言葉の意味を知ってたじろいだ。

「早くするんだ。脱がせてやらないといけないのか？」

近づいてきた彩継に、小夜は大きく首を振り、ブラジャーのホックを外した。それから、小さなショーツも焦って脱いだ。

自室では下穿きだけ脱がされて、スカートをまくり上げられることが多かった。下腹部だけ剝かれた姿は、口では表現できないほど恥ずかしかった。しかし、何ひとつまとっていないとなると、それも、震えるほど恥ずかしかった。

浴室に連れて行かれ、シャワーを浴びたことがあり、とうに彩継に生まれたままの姿を見られているというのに、見つめられているというだけで、背中に向けられている視線が痛い。

「おいで」

彩継の声がやさしくなった。強引に破廉恥な検査をしようとしているくせに、慈愛に満ちた口調だ。

彩継が強引な権力者でしかなかったら、小夜には憎悪しかなかったかもしれない。けれど、強引さや屈辱的な行為の合間に、必ず、赤子をあやす母親のような穏やかさを見せる。日常の生活でも、彩継はいつもやさしい。そのやさしさが小夜を混乱させ、あげくに、指で遊ぶときの妄想に必要な男になってしまったのだ。

小夜は後ろを向いたまま、鼓動だけを高鳴らせていた。

「おいで」

二度目の誘いも穏やかだ。しかし、三度目はやや強くなる……。

小夜にはわかっていた。

「やっぱり言うことが聞けないのか？　引っ張ってこないといけないのか？」

小夜は後ろを向いたまま首を振った。

翳りは左手で、乳房は右手で隠し、視線を落として長持ちに近づいた。心臓の音が自分の耳に届いている。

長持ちの前にきても、小夜はじっとしていた。

「どれ、キスマークのような、いかがわしいものはついてないな？」

恥じらいに躰を隠したままの、うつむき加減の小夜がいじらしい。

彩継は鼻から洩れる荒い息を悟られまいとしながら、小夜の乳房の形や乳首の色づきを、しっかりと観察した。

瑠璃子と同じ歳でいながら、小夜のほうが、まだ色濃く少女の面影を残している。これからふくらむ可憐《かれん》なつぼみのようだ。乳暈が小さく、その中心に載っている果実も愛らしい。

小夜の激しい鼓動と息づかいが伝わってくる。尋常ではいられず、やっとのことで立っているのかもしれない。何度繰り返しても小夜は破廉恥な検査に慣れない。それがいい。小夜は毎日、無垢《むく》なまま生きている。

彩継は小夜の肩を押し、半回転させた。舌を滑らせたくなる絹のような肌だ。細い腰のくびれ。ツンとみずみずしい臀部の双丘。太すぎず細すぎない形のいい脚。文句のつけようがない。

「よし、ここに横になるんだ」

また半回転させて元に戻して言うと、小夜は泣きそうな顔をした。

どうしてこんなにそそる顔をするのか。他の男の前でこの顔を見せれば、誰もがすぐさま獣になって襲いかかるだろう。嗜虐《しぎゃく》の血をくすぐる顔だ。肉茎がズクズクと疼いてくる。

小夜はすんなりとは動かない。わかっている。そして、それでいい。

彩継はひょいと小夜を抱きかかえた。

驚いた小夜が、短い声を上げた。

彩継は長持ちに小夜を載せた。慌てて降りようとするのを、肩先を押さえて阻んだ。

「お利口にすると約束したはずだ。何度も同じことを言わせるようなら、くるぞ。今度はすぐにくる。いいな？　はっきりと言っておくぞ」

あらわになった小夜の乳房が激しく波打った。そして、目を閉じた。長い睫毛《まつげ》が震えている。

彩継はぞくぞくした。養父ではなく、オスの感情だ。

「脚をひらいて」

むずがるように腰を動かした小夜が、申し訳ていどに脚をひらいた。

「それじゃ見えない。うんとひらいて長持ちの外に脚を出すんだ」

徐々に広げていくものの、長持ちから脚が落ちるほど大胆にひらけないでいる。腎りだけは、まだ片手で押さえたままだ。

彩継は片方ずつ膝を押して、簡単に長持ちの縁から脚を落とした。小夜が、あっ、と声を押し出した。膝から下がぶらりと下がり、まるで内診台だ。

小夜の左手は、相変わらず翳りを隠したままだが、いつしか、左手がワレメを隠している。

「邪魔だ」

彩継は肉マンジュウに載っている手を引き剝《は》がした。

「いや……」

諦めているものの、おとなしく陵辱《りょうじょく》の視線に絶えることができないのか、小夜はやっと聞き取れるような声で言った。

足元に立った彩継は、膝をつかんで手前に引っ張った。敷いている肌布団ごと、花園が長持ちの手前すれすれまでずれてきた。さらに内診台に近づいた。

小夜は割れた肉マンジュウをまた手で隠した。

「両手はここだ」

彩継は左右の手を両脇にやった。

小夜は拳《こぶし》を握って目を閉じた。彩継の肉茎は勃《た》ち上がっていた。

きれいに生え揃った翳りの艶《つや》やかさ。見るたびに溜息が出そうだ。ワレメが光っている。もう蜜液が溢れているのかと、すぐさま大きくくつろげた。

薄いピンクの花びらや器官が、明らかに濡れている。それも、ぬめりを帯びて透明だ。小水ではない。アンモニアの匂いもしない。

いやがっているようでいながら、いつしか小夜は屈辱の検査に快感を感じるようになっている……。

意外だった。

姪《めい》として、緋蝶と同じ血が流れている小夜の被虐性が、こんなにも早く芽生えるとは、彩継には予想外だ。

追いつめられ、やむなく従っていると思っていた。しかし、いつしか被虐の悦びがわかるようになっている。小夜の拒絶は快感に近づくための芝居だろうか。

秘所をくつろげたまま、何も言わずに見つめている彩継に、小夜がむずがるように尻を動かした。

「いや……」

「小夜のここは、いつ見てもきれいだ」

「いや……」

小夜はまたわずかに尻をくねらせた。

小夜はこの行為がはじまる前から、すでに精神的な快感を覚えている……。その事実が花園のぬめりで証明されたからには、もう少し大胆なことができそうだ。

「ちゃんと膜はついてるか？」

指をVの字にして花びらを思いきり大きく広げ、他のどの器官よりも鮮明で透き通っているかに見える秘口の内側を眺めた。

処女か非処女かなど、調べてみるまでもない。今も処女に決まっている。ただ、この秘密の花園を眺めたいためだけに、いつも強引に追いつめて、躰だけでなく、心もがんじがらめに縛り、破廉恥に玩んだつもりだ。

しかし、まもなくそんなことも必要がなくなる。被虐の悦びに目覚めたからには、その行為を長く断たれては、麻薬が切れたときのように禁断症状が現れるはずだ。

彩継は苦しみもがく小夜を救うことができる。小夜は救われるたびに、肉の虜《とりこ》になっていくだろう。

「昨日の夜も指で遊んだのか？　遊んだようだな」

小夜は、いいえ、とこたえようとしたが、その前に断定され、なぜわかるのかと汗が噴き出した。

昨夜だけではない、瑠璃子が泊まりに来ない日は、ほぼ毎日、指でそこをいじっている。今夜はやめようと決断すると眠れなくなる。早いときにはベッドに入って数分で、そうでなくても二、三十分以内には指をショーツにもぐり込ませることになる。

「どうやるか、して見せなさい。まだおまえはどんなふうにここをいじっているか、私に教えていなかったからな」

「いや……」

そんな恥ずかしいことを見せられるわけがない。いくらその秘密を知られても、人前でできるはずがない。小夜は彩継の命令に動揺し、躰を起こそうとした。

「素直にならないと、今度は容赦なくくると言ったはずだ」

空に浮いた小夜の上半身が、また長持ちの上に落ちた。

「しろ」

「できません……お養父さま、それだけは許して」

「できないようなことをひとりでこっそりとやっているわけだ。昨日も。一昨日も」

小夜の頬がカッと火照った。

「前も言ったはずだ。自分でそこをいじるのは別に悪いことじゃないと。しかし、それをした後の、あまりに無防備なおまえを見てしまったし、いかがわしい雑誌のことも知って、心配になったんだ。だから、こうしてときどき調べないといけなくなったんだ。人に見せるのは恥ずかしいものだ。だから、私だけに見せてほしい。おまえがこんなことをしていることも雑誌のことも、誰にも言わないと言っただろう？」

いくら被虐の悦びを知ったからといって、小夜が簡単に自慰を見せるはずがない。だからこそ、どうしてもさせてみたい。

「ここに指を置くんだろう？」

強ばった両手を取って、肉マンジュウの、花びらの両脇に、左右の人差し指を持っていった。

「両手を使うのはわかっているんだ。一本の指でする者もいる。私には小夜のことは何でもわかる。ここを見ていると、もっといろんなことがよくわかる」

小夜はどこまで彩継の言葉を信じているのか。ともかく、乳房が激しく喘いでいる。息も荒い。小夜の動揺を見ていると心が弾む。

「自分の指でしたら、ここから出してやってもいいぞ。するまでここにいるんだ。お養母さんが戻ってきてもな。子供と思っていたおまえが、すでにイクことを知っているとは、今も驚きだ」

イクというのは、得体の知れない熱い塊が体奥から迫《せ》り上がってきて、一気に総身を駆け抜けていくような、あの瞬間の感覚だと、小夜は今ではわかる。

その感覚が何なのか、長いことわからなかった。ただ、そのときを迎えると全身に心地よさが訪れて怠くなり、いつも、すぐに眠りにつくことができた。

瑠璃子に触られたときも、彩継に触られたときも、そのときを迎えて全身が硬直して打ち震えた。他人の手でそのときを迎えると、心地よさより、ただ恥ずかしかった。

「さあ、するんだ。私には何もかも見せるんだ。お洩らしもしたじゃないか。今さら何が恥ずかしい」

彩継は小夜の人差し指を抓《つま》んで動かした。

「いつものように自分でするんだ。恥ずかしいなら目を閉じていればいい。いつもはベッドに入って暗い中でしているんだろう？」

「できない……」

「ここでしないと、毎日、夜になったら小夜の両手をくくりに行くか。ベッドで勝手にココをいじらないように。今しないなら、また今夜するのはわかっているからな」

小夜の喉《のど》がコクッと鳴った。

「できないなら、お母さんに裸の小夜を見てもらうか？　連れて来るぞ」

「だめ！」

彩継の創った胡蝶人形はただの人形ではない。言葉はしゃべれないかもしれないが、生きている。小夜にはわかる。

今の裸は、風呂に入っているときの裸ではなく、淫猥《いんわい》な行為の途中の裸だ。胡蝶にそれを見られるわけにはいかない。

「します……だから、見ないで」

「目を閉じていればいい。目隠ししてやろう」

何をされるかとおののいている大きく見ひらいた目を、手ぬぐいで隠した。

「さあ、闇の中だ。指を動かしても、誰にも見えない。暗いだろう？」

暗示をかけるようにゆったりと言った。

ほんのり染まっている小夜の鼻頭の愛らしさに、彩継は思わず噛《か》み切ってしまいたくなった。

小夜が逡巡している。心の葛藤を想像するのも楽しい。唇や足指のわずかな動きで、ためらいがよくわかる。

何か言いたげで、結局、言葉にならないまま閉じられる唇や、足指のかすかな動き、大きく上下する乳房……。

「暗いな。何も見えない。小夜がどこにいるかもわからない。明かりを落とした。な、暗いだろう？」

明るいままの蔵を、小夜にとっての闇にする。

「何も見えないからしてごらん。小夜はいい子だ」

ゆったりとやさしい彩継の言葉に、小夜は闇の中かもしれないと思った。彩継は本当に照明を落としたのかもしれない。

花びらの脇に置かれている二本の人差し指を、左右交互に動かした。花びらをこねるように動かした。

肉のマメをいじると、すぐにあのときがやってくる。花びらをいじるより早く、あのときがやってくるのはわかっているが、花びらの脇に指を置かれた以上、それが慣れていることもあり、指を別の場所に移そうとは思わなかった。

(こんなに恥ずかしいこと……見ないで……お養父さま、絶対に見ないで……暗いままにしておいて……)

目隠しされて闇になった世界で、小夜は絶頂を迎えるために、ほっそりした白い指を動かした。

ついに動きはじめた指に、彩継は息を殺して見入った。

まさに白魚のような指だ。その指が、交互に花びらに刺激を与えている。こんな自慰をする女もいたのだ。左右の指を使うとしても、片方は秘口に入れ、片方で肉のマメをいじるのが一般的ではないのか。それとも、こんな女も多いのか。

彩継にとって、初めて見る形の自慰だけに、新鮮だ。それでいて卑猥《ひわい》だ。

まだ男も知らないうちから、女は自然にこんなことを覚えるのだろうか。男は夢精もあり、自慰を覚えるのも納得できる気がする。だが、女はどんなきっかけで、こういう淫靡なことを覚えるのか。小夜が人から聞いて覚えたとは思えないだけに、彩継はきっかけを知りたい気がした。

昼から洩れる喘ぎが大きくなると、可愛く淫猥な指の動きが速くなってきた。ぬめりが溢れているのもわかる。熟した緋蝶ほどではないが、それでもぬるぬるが湧《わ》いているのが不思議な気もする。

長持ちの両脇から落ちている足の指が、切なそうに擦り合わされている。呼吸がますます速くなってきた。

「くううっ！」

絶頂の声が洩れ、総身が長持ちの上で何度も跳ねた。そのときを見計らって、彩継は花びらを大きく割って、女の器官を眺めた。

「いやあ！　んんっ！」

彩継が花びらに触れた刺激だけで、また小夜が昇りつめた。

充血して太った花びらと、逆に絶頂を迎えたことで奥に隠れようとしているように見える収縮した肉のマメ、紅く色づいた器官全体の輝き……。

緋蝶の法悦のときより薄めの色だが、濃ければ必ず美しいというわけでもなく、緋蝶に並ぶ最高の彩りだ。

「んん……痛い」

小夜が急に苦悶《くもん》の声を出した。

彩継は思わず指を離した。何が起こったのか彩継でさえわからない。小夜が芝居をしているのではないのもわかる。

「痛い……」

彩継は目隠しを取った。

「どうした……？」

「お腹が……痛い」

彩継は小夜の歪んだ顔を見て、何が起こったのかを考えようとした。腹部が痛むようなことはしていない。

半身を起こしてやった。

「痛い……」

「次の生理はいつからだ」

絶頂の刺激で生理が早まったのではないかと、彩継はこれまでの経験からふっと脳裏に浮かぶものがあった。

「明後日ぐらい……」

「やっぱりそうか。早めに生理がはじまるんだ。イッたときの刺激で、子宮がびっくりしたんだ。大丈夫だ。そうか、生理か……小夜は子供も産める女に成長しているんだもんな」

十五歳ともなれば、すでに生理がはじまっていることぐらい理解しているが、目の前の小夜を見ていると生々しい。彩継は小夜に、いっそう女を感じた。

白い腹部を撫でていると、やがて彩継の想像通り、薔薇《ばら》のような紅い経血が溢れてきた。

3

蔵で、強制的な自慰をさせた後、絶頂の刺激で生理がはじまった小夜は、それから、彩継の前でいっそう美しく輝いてきたかに見えた。

毎月のものは女として当然の現象であるはずなのに、それを知られただけでなく、その始まりの印を見られたことを恥じるように、小夜は息を乱して目を逸《そ》らす。

そうやって目を逸らす直前、救いを求めるような視線を、ちらりと向けられているような気がして、彩継は決して小夜に嫌われていないと確信していた。

ふたりのときより、緋蝶もいるときの方が、小夜の反応が楽しみだ。緋蝶に不自然さを悟られないように気を遣っている。それでいて、彩継を強く意識しているだけに、ふたりに対して、同時にどう対処していいか、必死に考えているのもわかる。その心中を推し量るのも楽しかった。

十二月になり期末試験も終わった小夜は、早めに帰宅する。

彩継は工房を出て食事室に向かった。

洋間のリビングがなく、客は和室に迎えるが、いつしか家族の休息のときは、ダイニングに続いている食事室で一息入れるようになった。小夜が登校している間は、夫婦の部屋か和室で憩《いこ》う。

小夜の個室がある以上、三人がいっしょに憩う部屋がなくては、家族がばらばらになってしまう。小夜が養女としてやってきてから、自然に食事室が居間代わりになった。

小夜は帰宅したばかりのようで、まだ制服を着ていた。ひょっとして、まだ生理は終わっていないかもしれない。彩継が故意に下腹部に目をやると、正面から腹部を見られるのを避けるように、小夜は躰を逸らした。

電話が鳴った。

緋蝶が受話器を取った。

「あら、ちょうどよかったわ。ここにいますから。あなた、卍屋《まんじゃ》さんから」

緋蝶が受話器を彩継に渡した。

「おう、何だ、だったら寄ればいいじゃないか。いいんだ。ああ」

彩継は電話を切った。

「近くまで来ているそうだ。これから、こちらに顔を出すと言っている」

卍屋の須賀井《すがい》は、電話から五分も経《た》たずにやってきた。

「小夜ちゃんに会えるとは思わなかった」

「きょう、期末試験が終わったんです」

緋蝶が言った。

「小夜ちゃん、またきれいになったんじゃないか。恐るべき美女軍団だな」

須賀井の言葉に、小夜はうつむき、彩継は、たったひとりを軍団とは大げさなと、笑った。

「いや、ふたりだ。ふたりとも美しすぎるから、百や千の女が束になってもかなわないほど輝いている」

「軍団とは小夜のことじゃなく、ふたりのことか」

「当たり前だ。緋蝶さんも絶世の美女じゃないか」

「まあ、卍屋さん、オクチがずいぶんと上手になったんじゃありません？」

緋蝶が口元に軽く手を当てて笑った。

「正直なだけです。それにしても……」

須賀井は女子高の制服を着たままの小夜を見つめ、感嘆の息を吐いた。

「小夜ちゃん、やけに色っぽくなったな。夏の着物のときも大人びていてびっくりしたが、ますます磨きがかかってきたみたいだ。竹取物語が浮かんでくる」

「竹取物語とはどういうことだ」

彩継が面白がって尋ねた。

「だから、竹取の翁《おきな》の家に絶世の美女がいると噂を聞いた男達が、我がものにしたいと各地から集まってきた。もうじき、そうなっておかしくないかもしれない。椿屋敷のお嬢様を、ぜひ我が花嫁にと。そういうことを想像したんですよ。先生も大変ですね。今からやきもきしているんでしょう？」

小夜はますます目のやり場をなくして恥じらっている。

「そんな先のことを言うな」

彩継は軽く返したが、須賀井の言うように、たった今もやきもきしている。須賀井にさえ、小夜に惚《ほ》れるなと言いたいほどだ。

須賀井は冗談めかして人ごとのように言っているが、小夜の母の胡蝶をひそかに愛し続け、今は小夜に惹《ひ》かれているのを、彩継は敏感に感じとっていた。歳の差や、元同級生の胡蝶の娘ということから、結婚までは考えていないだろうが、女を感じていることぐらいわかる。

冗談のように言いながら、実は須賀井は本音を口にしているのだ。

「小夜ちゃんは、まだ高校一年生なんですよ。ボーイフレンドもまだだし、そんな気の早いことばかり言わないでください。ねえ」

緋蝶は小夜に相づちを求めた。

小夜はそれにこたえず、

「勉強があるから、お部屋に行ってもいい？」

緋蝶に尋ねた。

「小夜ちゃん、もういなくなるのか？　試験は終わったんだろう？　きょうぐらいボーッとしていたほうがいい。オジサン、淋しいぞ。花が枯れたように淋しくなるじゃないか」

「まあ、卍屋さんったら、やっぱり私のことなんか、しおれた花としか思ってらっしゃらないんだわ。ついさっき、ふたりで美女軍団だの、輝いているだのとおっしゃっておきながら、すぐに嘘ってわかってしまうのね」

緋蝶が拗《す》ねた口調で言うと、須賀井は、そんな……、と慌てた。

「緋蝶さんの美しさは、わざわざ口にするまでのこともないでしょう？　瓢簞《ひょうたん》や桂《かつら》や富重《とみしげ》に行くたびに、先生は仲居達に羨《うらや》ましがられてるんです。美人で品のある大和撫子《やまとなでしこ》を奥さんにしていると、女遊びなんかする気にもならないでしょうと。そうですよね？」

「さあ」

須賀井の言葉に、彩継は惚《とぼ》けた顔をした。

「ほら、また嘘ばかり」

緋蝶が須賀井を責めた。

「嘘じゃありませんよ。なんなら、今から三軒の店に行こうじゃありませんか。嘘じゃないってわかります。奢《おご》りますから」

「料亭のハシゴなんて聞いたことがないぞ」

彩継が笑った。

「夕方になったら、小夜ちゃんもいっしょに食事に行こう。瓢箪に行くたびに、女将《おかみ》から、また連れてこいと言われるんです。桂と富重の女将も、ぜひ小夜ちゃんと会いたいと言っていたし。うんと美味いものを出してくれる」

「よし、おまえの奢りなら、ハシゴしようじゃないか。瓢箪ではフグでも食って、桂ではアワビづくしで、富重では牡蠣《かき》づくしといくか。富重の牡蠣の田楽や、牡蠣の三種揚げ、牡蠣の酒盗焼は逸品だからな」

「牡蠣の酒盗焼は飲兵衛《のんべえ》のつまみ。それに、酒盗焼は高校生には無理ですよ」

「無理なもんか。あんな美味いものはない」

須賀井と彩継は、行きつけの高級料亭の料理をあれこれと論じはじめた。

「私……勉強があるし」

ふたりの話が途切れたとき、小夜が申し訳なさそうに言った。

「だから、試験中なら誘えないが、終わったんなら、少しゆっくりしないと。緋蝶さん、先生、そうでしょう？」

「卍の奢りなら、こんなときにうんと食わないと損だぞ」

「まあ、あなたったら……でも、小夜ちゃん、たまには外でお夕食、どう？　せっかく卍屋さんも誘ってくださってるんだし。お料理の美味しいところばかりよ」

緋蝶は呆《あき》れながらも、小夜をさりげなく誘った。

「でも……」

「躰の具合が悪くなかったらどうだ」

「えっ、小夜ちゃん、躰の具合でも悪かったのか……？」

「いえ……」

小夜は慌てて否定した。

「ええ、小夜ちゃんはこのとおり、ずっと元気ですよ」

緋蝶は彩継の言葉の意味に気づいていない。

小夜は、それが毎月のものを指しているのだと瞬時にわかり、顔が火照るような気がして慌てた。

「あれ、赤くなったんじゃないか？　もしかして恋わずらいとか」

須賀井が小夜の顔を覗き込んだ。小夜はいたたまれなくて逃げ出したかった。

「まあ、そんな。本当に最近の卍屋さんは……小夜まで冷やかして」

緋蝶がそう言うと、

「卍、おまえにいい女でもできたんじゃないのか？　瓢簞か桂あたりの仲居とでも」

彩継がにやりとした。

「あら、だから、ご馳走するとおっしゃったの？　その方に会いに行かれる口実？」

「まさか。先生の創った生き人形以上の女性なんか、なかなかいるものじゃないですし、そうそう、そこらの女に魅力なんか感じませんよ」

須賀井が否定した。

「小夜ちゃん、行くだろう？　まずは瓢簞に五時からの予約でどうだ」

「よし、卍、しっかりご馳走してもらうぞ」

小夜に断られないうちにと、彩継が代わりにこたえた。

まだ月のものが終わっていないとしても、もう終わるころで、外出をいやがるほどのことはないはずだと、彩継は判断した。

「先生、夏に着せていた着物のように、小夜ちゃんに粋な着物を着せてやったらどうだろう」

「はいはい、私は卍屋さんのお相手をしてますから、あなた、小夜ちゃんの着物選びでもしてあげてください。あなたの趣味のほうが卍屋さんのお好みのようですから」

「参るなあ……」

須賀井は緋蝶のわざとらしい言いかたに頭を掻いた。

「小夜、どんな着物がいい？　何でもあるぞ」

彩継は小夜に有無を言わさず、桐簞笥《きりだんす》の並んだ和室に連れて行った。

「もう、アレ、終わったんだろう？」

小夜はうつむいた。

「もう一週間になるからな。まあ、人によっては二、三日で終わる楽な者もいるし、なかなか終わらないで、だらだら続く者もいるようだが。終わったか」

小夜は恥じらいを全身に表している。彩継はたった今、小夜を辱めたかった。緋蝶と須賀井さえいなかったらと思った。

「トイレに汚物入れが用意してあるのに、どうしていちいち隠すようにして使ったものを部屋に持っていくんだ。恥ずかしいことじゃないんだぞ」

トイレの空の容器を見て、彩継はいつも愉快になった。慎ましやかというだけでなく、彩継を男として意識しているせいだ。

彩継は笑いを堪える一方で、昂ぶりも押し隠し、箪笥を開けて、小夜に似合いそうな着物を見繕った。

師走《しわす》も半ば、いつ雪が降ってもおかしくない寒さが続いている。古い着物だが、雪をイメージして、赤地に大小の白い水玉模様が浮かんでいるお召しが気に入った。帯は黒繻子《くろしゅす》の名古屋帯。紅白の椿が刺繍《ししゅう》してある。

「小夜、これでいいか？」

小夜は目を見張った。

赤地に雪を思わせる大小の水玉だけしか入っていない着物だが、かえって大胆で、小夜が今まで見たことがないような模様だ。それに彩継が帯を合わせると、何とも不思議な世界が現れた。

彩継の美的感覚は人並みはずれている。無難な着物と帯を合わせる緋蝶と、まったくちがう感覚だ。

「どうだ、雪だるまでも作りたくなるだろう？　これを着ていくと、卍の奴、驚くぞ。夏の着物なんかよりもっとな。いやか？」

小夜は首を横に振った。

「それは、いやじゃなく、これでいいということか」

今度は頭を縦に振った。

「何か言ったらどうだ？　まだ、あの日のことが恥ずかしいのか。自分の指であんなことをしたんだからな。そして、気をやって生理が予定より早くはじまってしまったんだもんな」

「いやいやいや……言わないで」

小夜が泣きそうな顔をして哀願した。緋蝶達が屋敷にいなければ、押し倒したいところだ。いつまでこの獣の気持ちを抑えていられるか、彩継には自信がなかった。

「そんなに恥ずかしいか。小夜はうちの子だ。私の娘になったんだ。私には何でも見せてもらうぞ。さあ、制服なんか脱いでしまえ」

彩継はスカートのファスナーを下ろした。

「自分で脱ぎます……」

小夜は落ちようとするスカートを慌てて押さえ、後ろを向いた。

彩継は唇をゆるめ、小夜がぎこちなく服を脱いでいるのをちらちらと眺めながら、帯揚げと帯締めを見繕った。

「ショーツは脱がないのか？　着物のときはショーツは野暮だ。ショーツの代わりが湯文字なんだぞ。トイレのときも、ショーツなんか穿いてたんじゃ、時間がかかってしかたないぞ。脱げ。今さら隠すこともあるまい？」

「いや……」

「まだアレが心配か。終わってないか」

小夜は後ろを向いてこたえなかった。

「どれ」

彩継は小夜の背後から股間に手を伸ばし、ショーツの舟底に手を当てた。

「いやっ！」

隙を突かれた小夜が短い声を上げて飛び退《の》いた。

「ナプキン、もうしてないじゃないか。タンポンは使ったことがないはずだから終わってるな。ショーツなんか脱いだらどうだ」

「お養父さまの……ばか……脱がない」

小夜の可愛い怒りと拗ね方は、緋蝶には決して真似できない。まるで小学生のような可愛さに、彩継の股間のものがムックリと動いた。

「きょうは許すが、そのうち、ショーツなんか穿かせないからな。着物のときはスッポンポンだ。お養母さんだってショーツなんか穿いてないぞ。知ってるだろう？」

「知りません……」

小夜は拗ねたままの口調で言った。

彩継は、破廉恥なことをするたびに、小夜が自分に近づいてくるのを感じた。小夜は被虐の女だ。小夜にはそういう血が流れている。彩継は確信していた。

きょうも小夜は自分で湯文字と肌襦袢をつけたが、長襦袢は上手く形が決まらず、さっそく彩継によって装われていった。

着付けは手慣れた彩継の動きで、あっという間に終わった。

「髪にはこれを挿すか」

赤い縮緬の花簪を髪飾りの中から選んだ。艶やかな漆黒《しっこく》の髪に咲く赤い花は、小夜をいっそう華やかにした。

「どうだ、見てみろ」

三面鏡の前に立たされた小夜は、夏の日に彩継に着物を着せられたときのように、いつもとちがう自分の姿に目を見張った。

「うん、なかなかいいじゃないか。どうだ？　気に入ったか」

小夜は静かに頷くと、背後に立っている彩継を鏡越しに見つめた。

穏やかに微笑んでいる彩継は、やさしい父親の顔をしている。一週間前、蔵の中で、自分の指で恥ずかしいことをしろと命じた男には見えない。

あのときも、急に痛んできた腹部をさすりながら、大丈夫だと、子守歌のように言い聞かせてくれた。

ときには屈辱の行為をしたり、命じたりする彩継。それなのに、少しずつ彩継への愛しさが増している。それは父親としての彩継ではないのは確かだ。それなら、男としてか、もっと別のものか……。

小夜は自分の彩継に対する感情が、いまだにわからなかった。だが、毎日、恥ずかしい行為をこっそりと布団に入ってするとき、彩継に辱められている想像をしながら指を動かすようになっているのは事実だ。

「自分の姿にうっとりか」

彩継の言葉で、小夜は我に返った。

彩継といっしょに廊下を歩いていくとき、小夜は誇らしい気がした。

鏡で見たきょうの着物の大胆さと、いつもとちがう雰囲気の自分。早く緋蝶と須賀井に着物姿を見せたかった。

「まあ……」

「ほう」

小夜を見たふたりが、同時に感嘆の声を上げた。

「この着物、大胆すぎて着られないと思っていたのに……とってもいいわ。あなた、よくこの着物をお出しになれたわね。私、すっかり忘れていたわ。着ることはないと思っていたし」

「まったく先生の美意識はたいしたものだ。降り積もる雪に紅い椿か……椿は髪飾りにも使ったわけか。これは、瓢簞と桂と富重の女将が喜ぶぞ」

須賀井はやけにはしゃいだ声を上げた。

須賀井に外食を誘われたときは気が進まなかった小夜も、今では、一刻も早く、ひとりでも多くの者に着物姿を見せたかった。

「そのうち、あなたは小夜ちゃんに毎日着物を着せて楽しむようになるのかもしれないわね。お人形に着せるより、やっぱり小夜ちゃんに着せる方が着せ甲斐《がい》があるでしょう？」

ふたりの秘密の時間を知らない緋蝶は、微笑ましくふたりを見つめた。

「私が選んで着せてあげるより、あなたが選んだ着物のほうがとても粋だわ。あなたがあんまり上手に選んで着せてあげると、小夜ちゃん、自分で着付けなんかする気がしなくなるわよ」

「いいさ、いつまでも私が着せてやる」

「小夜ちゃん、大人になれないわ。あなたにいつまでも子供扱いされていたら」

小夜は、やさしすぎる緋蝶を裏切っている罪の意識に捕らわれた。素晴らしい着物で軽やかになっていた心が、不意に重くなった。

第三章　雪の椿

1

年が明けた。

しんしんと雪が降っている。

「正月の雪は何年ぶりだろうな」

窓の外を眺めながら彩継が言った。

山茶花と早咲きの椿が雪をかぶっている。

雪は早朝に降りはじめ、一、二センチ積もっている。このまま降り続ければ、もっと積もるだろう。

「昔、小夜ちゃんが小さいとき、お正月に雪が積もって、ここの庭で雪だるまを作ったこと、覚えてる？　あのときはずいぶん積もったわ」

「覚えてないわ……」

緋蝶の問いに小夜は首をかしげた。

「そうね、まだ三つか四つのときだったもの」

「あれは傑作だった」

彩継が思い出し笑いした。

「小夜ちゃんは、おろし立ての上等の綸子《りんず》の、お振袖を着ていたの。でも、よっぽど雪遊びがしたかったらしくて、みんなが気づかないうちに、そのまま外に出ていたの。小夜ちゃんがいなくなったと、みんなが騒ぎ出して、そのうち、外で泣き声がするから出てみたら、雪の中にうずくまってたわ」

「どうしたと訊いたら、動けない、寒いと泣きじゃくってた。怪我《けが》でもしたのかと思ったら、振袖が重くて動けなくなっていたんだ。雪だるまを作ろうとして、左右の袂《たもと》に、せっせと雪を入れてたんだ。それを作りかけの雪だるまのところに運ぶつもりだったらしい。アイデアはよかったが、重すぎたな」

「せっかくのお振袖が雪でベトベト。そのあとは着物を脱いで、頭だけそのままアップにして、びら簪を揺らしながら、お洋服で走りまわってたわ」

小夜はすっかり忘れている過去というのに恥ずかしく、思わず肩をすくめた。

「あのときの小夜が、こんなに大きくなるなんて想像できなかった」

彩継のねばついた視線が絡んだようで、小夜は動悸がした。緋蝶への罪の意識が、さらにつのった。

彩継とセックスなどしていない。父親だから当然だ。だが、秘密の場所を何度も見られ、ときには触れられて、躰が浮くようなあのときを、そのつど迎えている。彩継と躰を重ねてはいないが、タブーを犯してきたのは確かだ。その確たる意識が、緋蝶への罪の意識となって、日々、ふくらんでいく。

「うちの子になってくれて、初めてのお正月ね。嬉しいわ。きょうは、お父さん達が来てくださるわね。お礼を言わなくちゃ。でも、まだ不安なのよ。やっぱり実家に帰るって言われたらどうしようって」

「そんなこと、言うものじゃない。小夜はここの娘だ。なあ、そうだろう？　どこにも行きはしないよな？」

正直な気持ちを吐露した緋蝶をたしなめた彩継は、小夜に相づちを求めた。

小夜はすぐに彩継から視線を逸らしたが、はっきりと頷いた。

何があっても元の家に帰るべきではない。実父の景太郎《けいたろう》には新しい家庭がある。妻になった愛子《あいこ》には、小夜とふたつしか歳のちがわない連れ子の瑛介《えいすけ》がいる。それがいちばんの問題だ。しかし、今は瑛介のことより、彩継の存在のほうが大きな位置を占めている。

彩継の言葉、彩継の指。彩継の口。彩継の視線……。

そのすべてが小夜の気持ちを妖《あや》しく揺らしていた。

午後には景太郎と会える。瑛介とも会える。夏休みに緋蝶と生家を訪ねて以来だ。しかし、柳瀬家に来てからの時間が強烈すぎて、景太郎との久々の再会は嬉しいものの、待ち焦がれていたというほどでもなかった。

新しい伴侶を連れているなら、胡蝶が生きていたころのように景太郎に甘えるわけにもいかない。瑛介の手前もある。今は景太郎は愛子の夫であり、瑛介の父だという思いもあった。

「早く振袖に着替えて、神社にお参りに行かなくちゃ。あなた、お振袖は私が着せてもいいんでしょうね？　もう何を着るか、決めてあるんですから」

「せっかくなのに、雪じゃ、あまり歩けないな」

「振袖でなくてもいいわ。すぐに戻って来るんだし。それに、雪で汚れるといけないし」

小夜は遠慮した。

「お振袖、一枚じゃないんだし、汚してもいいのよ。せっかくだから着ましょうか」

緋蝶は着せるのが楽しみというように、和室に急いだ。

景太郎達三人が柳瀬家にやってきたのは、一時過ぎだった。

和服が多く、正月は必ず品のいい訪問着だった胡蝶に比べ、愛子は質素なベージュ色のスーツだ。

「お邪魔します」

ふたりの後ろから、日焼けした瑛介が顔を出し、頭を下げた。

「冬なのにずいぶんと黒いんだな」

「年中、こうです」

笑いながら言った彩継の言葉に、瑛介がまたペコリと頭を下げると、一同が苦笑した。

「小夜ちゃん、素敵なお振袖だわ」

愛子が誉めた。

総絞りの着物には、豪華《ごうか》絢爛《けんらん》たる草花や吉祥模様が刺繍されている。目に鮮やかな着物は、それだけで場を華やかにしていた。

「高いんだろうな。それ一枚で、俺の服、何十枚どころか、百枚でも買えるかもしれないな」

「お正月早々、お玄関でなんてことを……すみません」

愛子が恐縮しながら詫びた。緋蝶や小夜はクッと笑いを洩らした。

広い和室にはお節《せち》の用意がしてあり、酒の燗《かん》をする以外は、動かなくていいようにしてあった。

「雪見酒ですね。やっぱり燗をつけた日本酒がよろしいわね」

雪見障子からの雪景色が風流だ。

「愛子さんと瑛介さんは何をお呑《の》みになるの？」

緋蝶が訊いた。

「母といっしょでいいです」

「お茶……？　少しぐらいビールでもいかが？」

「愛子は少しアルコールがいけますから、日本酒でいいです」

遠慮している愛子の代わりに、景太郎がこたえた。

「じゃあ、瑛介さんは？」

「だから、母と同じものを」

緋蝶の問いに、瑛介が堂々とこたえた。

「こいつ、今からちょびちょびやってるんです」

「まあ」

緋蝶が目を見ひらいた。

小夜は、景太郎と愛子と瑛介が、仲のいい家族になっているのを肌で感じた。淋しさと、安堵と、半々だった。

「僕は十八ですよ」

「お酒は二十歳からじゃ……」

「今どき、二十歳まで飲酒を我慢する奴なんかいるもんか。なあ」

軽い言葉を出して、彩継が笑った。

「そういうことです。きょうは正月ですし」

瑛介は本気で呑むつもりだ。

「知りませんよ。もう少しで卒業なのに、退学にでもなったら」

まじめな緋蝶は心配している。

「おまえが学校に密告しない限り、大丈夫だ。酔ったら泊まっていけばいいし」

彩継が、また瑛介に味方した。

緋蝶が燗をつけに行った。

瑛介は初めて、部屋を見渡した。

「贅沢ですね。そうとう広いようですね。家の中を探検できるみたいだ。後で庭も拝見していいですか？　椿のことはよくわからないんですけど」

初めて椿屋敷を訪れた瑛介は、屋敷にも敷地にも興味を示した。

「雪の日の景色はいい。早い椿は咲いているし、雪を被った椿は格別にいいんだ。でも、まだ、そんな風流はわからない歳かもしれないな。今からわかったら、かえって大変だ」

彩継が言った。

「よろしかったら、私も拝見させていただきたいわ。ずいぶんと、このお屋敷のことは、この人に聞かされていますから」

愛子は遠慮がちに彩継を見つめた。

「どうぞ、どうぞ。いつでも来てください。春には椿がたくさん咲きます。今は多くが山茶花です。これからはいつでもどうぞ。もっと早く来ていただきたかったんですが、小夜がしばらく会わない方がいいなどと言うもので。きっと、うちにもそちらにも気を遣っているんです。小夜はやさしい娘ですから。な？　小夜。だけど、一年経ったら、いつでも自由に行き来するということだったな？　いつ来てもらってもいいわけだな？」

小夜は頷いた。それから、

「いつも、父のこと、ありがとうございます」

小夜は愛子に頭を下げた。

「まあ、お世話になっているのは私と瑛介です。淋しくなったら、いつでも来てね……あら、すみません」

愛子は彩継を見て、失言したというように口を押さえた。

「いえ、かまいません。小夜にはふたりの父親がいるわけですから、行き来するのがいいですよ」

彩継が愛子と瑛介に会うのは二度目だが、会話も雰囲気も自然に流れていった。

大きな徳利を数本持ってきた緋蝶も加わると、場はさらに明るくなった。小夜以外は酒を呑んだ。

瑛介がどんな酒の呑み方をするか、小夜は心配だったが、大人達より明らかにスピードが遅い。酒を呑むより、緋蝶のお節料理をつまんでいるほうが多く、わざと大人びた振りをしているだけかもしれないと思えるほどの量だ。それでも、小夜にとっては、精悍《せいかん》で頼もしい男に見えた。たったふたつちがいとは思えなかった。

「瑛介君は、大学受験は大丈夫か？　ここで酒を呑んでる場合じゃないんじゃないか？」

彩継が徳利を傾けて瑛介に注《つ》いでやりながら笑った。

「さっきは、酔ったら泊まっていけばいいと言ってくれたじゃありませんか。それに、昨日まで机にしがみついていたんです。きょうぐらいは気を抜いても許されるんじゃないでしょうか」

「こんなことを言ってますけど、ときどきこっそりとサッカーをやってるんです。呑気《のんき》なんですよ。合格してくれるといいんですけど。瑛介……本気で呑んじゃだめよ。もういいかげんにしてちょうだい」

お猪口《ちょこ》を空にして差し出した瑛介に、愛子がその手を押しとどめた。

「じゃあ、腹一杯になったし、小父さん、小母さん、探検してきていいですか？」

「だめよ。人様のお家を勝手に歩きまわるなんて」

愛子がたしなめた。

「小父さんが人形を創る部屋なんかも見たいけど、それは小父さんに案内してもらうとして、庭ならかまいませんよね？」

「まだ雪が降ってるわ。傘をささないと」

「それこそ、風流じゃなくなるんじゃないですか？　そんなに水っぽい雪じゃないし、このままで大丈夫ですよ」

瑛介が立ち上がった。

「小夜ちゃんが案内してあげられるといいんですけど、お着物だから。ごめんなさいね」

緋蝶の言葉に、

「そろそろ帯が苦しくなってきたの……お洋服に着替えてきてもいい？」

小夜が訊いた。

「酒を呑まない代わりに、ちょこちょこ食べてるもんな。小母さんの料理は美味しいから、そりゃあ、帯も苦しくなるかもしれない」

小夜は言わなければよかったと思いながらうつむいた。だが、瑛介の言葉どおり、ついつい美味しい料理を口に運んでいた。

彩継の着付けは楽だが、緋蝶の帯の締め方は、ややきつい。いつも感じていたことだ。きょうは振袖とあって、よけいにくたびれる。そろそろ解放されたい時間だ。

「せっかくの振袖なのに残念だわ。だけど、私も着物はめったに着ないからわかるの。たまに着ると苦しいものよね。遠慮なく着替えてきてね」

愛子の言葉で、小夜は席を立った。

二十分ほどで戻って来た小夜は、髪も下ろし、白い厚手のセーターとスカートを穿いていた。

「まあ、雪の日にピッタリ。可愛いわ」

愛子が目を細めた。

「お庭、案内しましょうか」

はにかんだ小夜は、廊下に立ったまま瑛介に向かって言った。

「助かった。ほんとは、ここの広い庭で行方不明になったらどうしようと思ってたんだ。捜索されてヘリで助け出されるのも恰好悪いしな」

「ほんとに大げさなことばっかり」

愛子は溜息をついたが、笑いが広がった。

「私が案内しよう」

彩継が立ち上がろうとした。

「まあ、お客様を置いて、雪遊びでもなさるつもり？　もう少しして、景太郎さんや愛子さんとお出になったら？」

緋蝶が留めた。

彩継は忌々《いまいま》しかった。小夜と瑛介をふたりにさせたくないばかりに、いっしょに出たいと思ったのに、緋蝶の言葉で、強引に出ていくのも不自然になってしまった。

「ちょっと酒を醒まして、また呑んだほうが美味いかもしれませんよ。みんなで庭に出てみませんか」

彩継はまた全員を誘った。

「あなたったら、もうお酔いになったの？　まだ、たいしていただいていませんよ。寒い中をいらっしゃったのに、もう少し暖まっていただかないと。いらっしゃって一時間も経っていないんですから。私達は、瑛介さんや小夜ちゃんほど若くないんですからね」

緋蝶の言葉に、愛子と景太郎が笑った。

「もう少しして、拝見させていただきますから」

愛子の言葉で、彩継は完全にとどめを刺された格好になった。

「じゃあ、お庭、案内してきます」

「小夜ちゃん、いちおう傘を二本用意していったほうがいいわ。コートも着ていくのよ」

緋蝶が小夜の背中に向かって言った。

彩継はふたりが廊下に消えたときから、気が気でなかった。

小夜とふたりきりになった男など、これまでいただろうか。ふたりになりたかった男はいたかもしれないが、おそらく小夜がその気にならなかっただろう。だから、今まで誰にも汚されず、無垢のままに生きてこられたのだ。

瑛介は危険だ。女を惹きつける雰囲気を漂わせている。陽気な性格。日焼けした凛々《りり》しい顔。頭の回転も速そうだ。

文句なくもてるだろう。今年十九歳になる男で、酒も少しはいけて、スポーツもやっていた男なら、女ぐらいとうに知っているはずだ。童貞ではないと、彩継は感じていた。

案外、年上の女にもてるタイプかもしれない。今どきの気弱な男ではなく、野性の匂いのする男だ。

彩継は、初めて瑛介に会ったとき、危険な男だと感じた。その心配は、景太郎にもあったはずだ。だから、早期の再婚を半ば諦めていたのだ。小夜が養女になると言わなかったら、まだ景太郎は愛子と再婚していなかったはずだ。

小夜にとって危険な男だと景太郎も思っているはずなのに、なぜ、ふたりきりで庭に出して平気なのか。

すぐに、雪の上で、瑛介が小夜を押さえつけている姿がちらつきはじめた。

（いや！　しないで！）

（おとなしくしろ！）

（やめて！　いやあ！　お養父さまあ！）

「何か、聞こえなかったか」

勝手に危うい想像をした彩継は、どうしても庭に出なければと思い、故意に三人にそう訊いた。

「いえ、静かだわ」

「ええ、別に」

緋蝶も愛子も彩継の言葉に無関心だ。

「何か聞こえたようだ。小夜の声じゃなかったかな。転んだんじゃないか。見てこよう」

彩継は何としても庭に出なければと思った。

「まあ、あなたったら、転んだら瑛介さんが起こしてくれるわ。本当に、小夜ちゃんのことになったら、この人、目に入れても痛くないほどの可愛がりようで」

緋蝶は半ば呆れ果てたように笑った。

「ありがたいことです。はっきり言って、これと再婚するのに、実の娘を養女に出すなんて親がいるかと、心が痛まなかったかと言えば嘘になります。でも、小夜からの希望でしたから」

景太郎は改まった口調で続けた。

「それに、親の欲目かもしれませんが、ここに来てまだ一年にもならないのに、小夜がやけに大人びてきれいになっているのを見て、玄関で驚きました。そして、今の彩継さんの小夜への気持ちで、ああ、小夜は幸せな生活をさせてもらっているんだと、心底、安心しました。彩継さん、ありがとうございます。むろん、緋蝶さんにも感謝しています。いつも小夜を我が子のように心配してくださって感謝します。亡き胡蝶も、さぞ喜んでいることでしょう」

「私も安心しました。小夜ちゃんには申し訳ないと思っていたんです。私も後ろめたかったんです」

愛子も頭を下げた。

「景太郎さん達にそう言っていただくと、私どもも、とても幸せです。どうぞ、おふたりとも、何もお気になさらずに、自分たちの生活をなさってくださいね。小夜ちゃんのことは、お任せください。小夜ちゃんがいてくれるだけで、私も主人も毎日が幸せなんです」

彩継は三人の会話が腹立たしかった。

（なぜそんなにも鈍感でいられるんだ。私はたった今、庭のふたりを不安に思っているんだ。不安どころか、取り返しのつかないことになったらとまで思ってるんだぞ！）

声に出して言いたかった。

「あら、いやだ」

愛子が急に大きな声を上げた。

その視線の先を見ると、雪見障子の向こうに瑛介が立っている。

いつの間に作ったのか、目と鼻と口のある雪だるまを頭に載せている。目は葉っぱで、鼻は枯れた木の枝、口は山茶花の花びらだ。

「いやね……髪の毛が濡れるし、頭が痺《しび》れないかしら……十八にもなって、子供みたいに、あんなことばっかり」

愛子が困ったような顔をした。

「愉快な顔の雪だるまだわ。瑛介さんって本当に面白い人ね」

緋蝶が雪見障子を開けた。

「風邪ひかないでね」

「酔いを冷ましてるんです」

「まあ……よく、崩れないで頭に載ってるわね」

「小夜ちゃんに載せてもらったから」

横で小夜は困った顔をしていた。

「……だって瑛介さんが、かまわないから載せろと言ってきかないんだもの……冷たいからって言ったのに、バランスよく載せろって」

緋蝶と景太郎がひとしきり笑った。愛子は歳に似合わぬ悪戯《いたずら》をしたがる我が子に困惑し、彩継はむりやり笑いを装った。

「ずいぶん積もってますよ。おお、もうだめだ。脳味噌が半分凍ったみたいだ。シャーベットの脳味噌だな」

瑛介は首を曲げて雪だるまを落とした。雪だるまが粉々に崩れた。

「障子、閉めないと、せっかくあったまってる部屋が冷えますよ。ぐるっとまわってから戻りますから。ほんとに広い庭ですね」

瑛介は自分の手で、雪見障子を閉めた。

「ずいぶん大人という感じがしましたけど、やっぱり子供なんですね」

緋蝶のおかしそうな言葉に彩継は苛立ち、今夜、緋蝶を徹底的にいたぶってやろうと思った。

2

四人が呑みながら談笑している部屋の前に故意に現れて笑わせた瑛介は、そこから死角になる屋敷の南端まで来ると、

「小夜ちゃん」

案内のために前を歩いている小夜を呼び止めた。

「なあに？」

「よく降るよな」

「そうね」

「こんな日、あの雪の着物を着たらいいんじゃないか？」

「雪の着物って？」

小夜には瑛介の言葉の意味がわからなかった。

「赤い着物に、雪みたいな白い水玉が入ってた着物」

小夜はハッとした。

「どうして知ってるの……？」

「あの日、この近くに用があったから、たまたま小夜ちゃんがここから出てきたところを見たんだ。小父さんと小母さんと、もうひとり四十過ぎの人がいっしょで、タクシーでどこかに出かけたみたいだな」

「声をかけてくれたらよかったのに……」

「まだ勝手に会うわけにはいかないと思って。夏休みの次は、年を越して正月に会って、それから、自由に行き来するっていうのは、小夜ちゃんが言ったことなんだろう？」

「だけど、たまたま近くまで来たのなら……」

そこまで気を遣っていたのかと、瑛介に申し訳なかった。

「声をかけてよかったのか」

「ええ。だって……でも」

そこで小夜は、瑛介は、きょうが初めての柳瀬家来訪だと気づいた。

「ここを知ってたの……？」

「住所ぐらい聞いてたから、この辺なのかなと思ってたところだった」

「じゃあ、偶然だったのね」

「ああ、小夜ちゃん達がいなくなってから表札を見て、ここだってわかった。それから一周した。広いなとびっくりした。そのときのこと、オヤジとオフクロにも言わなかったから、今さら小父さん達にも言うなよ」

瑛介がわざわざ口止めした。

「池の表面も凍りそうだな」

「夏は睡蓮や未草《ひつじぐさ》の花がきれいよ。きれいな鯉もたくさんいるんだけど、今は隠れてるみたい。魚も寒いのね」

「ここの小父さん、俺のこと、嫌ってるかな。どう思う？」

瑛介は笑みを浮かべて、冗談めかした口調で訊いたが、正直に確かめたいという気持ちが、小夜に伝わってきた。

「どうしてそんなこと訊くの？」

「小夜ちゃんを俺とふたりにさせたくないみたいだから」

瑛介が彩継との秘密の時間に気づいているのではないかと、なぜか小夜は不安になった。

「その顔、やっぱりそうか、俺、小父さんと会うのはきょうで二度目だけど、嫌われてるのか……」

瑛介の言葉に、小夜は激しく頭を振った。

「そんなこと、どうして考えるの？　さっきだって、ずっと楽しく話してたじゃない」

「ほんとに嫌われてないか？」

なぜ彩継をそこまで気にしているのか、小夜にはわからなかった。

「さっき外から中を覗いて剽軽《ひょうきん》なことをしたのは、小父さんのようすを見たかったからさ。何か、気になるんだよな。どうしてかな」

小夜は、彩継との秘密の時間のことが気になった。瑛介が何か感づいているのではないかと、また心配になった。

「有名すぎて気になるのかしら。私は有名な人形作家だなんてあまり思ったことはなかったんだけど、友達も凄く意識してるし。お養父さまの大ファンなの。サインまでもらっていったのよ」

小夜は瑛介が彩継をあまり意識しないようにと、言葉を選んだ。

「意識しすぎか。そうかな。自分でもよくわからないや」

瑛介は先に立って歩き出した。

「その先に、万両のきれいなところがあるわ」

「マンリョウって何だ？？」

「あら……」

そんなものも知らないのかと小夜は驚き、その後、おかしくなった。

「千両、万両の万両。万両の実は葉の下につくの。千両の実は葉の上につくの。千両より万両の方が重いでしょう？　だから、万両は葉の下につくというわけ。覚えやすいでしょう？」

「俺、草花には疎《うと》いんだ。お、これなんか、どう見ても薔薇だな。だけど、葉っぱは椿だな。薔薇と椿が、根っこでくっついたんじゃないか？」

八重の赤い山茶花を見て、瑛介が首をかしげた。

「瑛介さんて面白いこと言うのね」

これまで近づいてはならないと思っていた瑛介が意外すぎるほど気さくで、堅苦しさもなく、互いの距離が一気に近づいた気がした。

「それより、もっともっと薔薇に似た椿があるの。直径二十センチもある、大輪の椿だってあるのよ。カーネーションにそっくりの椿もあるわ。一重から、八重、千重まであるし、色も白、ピンク、赤、斑《ふ》入りとかいろいろあるの」

小夜は自分よりずっと賢く見える年上の瑛介に説明できることが誇らしかった。

「ほら、あそこ、雪の日の万両もきれい。雪の白と、葉っぱの緑と、実の赤。あれよ。知ってるんじゃない？」

小夜はまた先に立って歩き、振り返って万両の群生を指した。

「言われてみれば、見たことあるような気がする。でも、あんまり興味がないからな」

「大学受験、大変でしょう？」

「いや、マイペースだから。それより、早く大学を卒業して働きたい」

これから受験だというのに、すでに社会人になって働くことを考えている瑛介が、小夜には意外だった。

「早く働きたいの……？」

「早く一人前になって稼いで、本当の大人になって独立したい。オフクロに苦労させてきたし」

「でも、もう大丈夫よ。お母さま、再婚して、私のお父さまといっしょになったんだし。お金持ちじゃないけど、貧乏でもないし」

「そんなことじゃない……将来、結婚するには、ちゃんと稼ぎがないとな。いくら共稼ぎが普通になっているとはいっても、結婚した相手に、自分だけの稼ぎで食べさせたいんだ」

まだ高校生の瑛介が、やけに大人に見える。

瑠璃子も大人びて見えるが、それは躰が大きかったり、すでにセックスを体験したりしているという、ごく単純なことからだ。

しかし、瑛介は心が大人だ。たくましく見える。

瑛介には交際中の女がいて、それも、浮ついたものではなく、結婚まで考えているのかもしれない。瑛介がもてることぐらい、すぐにわかる。外見も性格もいい。女達が放っておくはずがない。

「好きな人がいるから……早く働いて結婚したいの……？」

小夜は相手に興味を持った。

「ね、誰にも言わないから」

「絶対に言わないか？」

これまでにないほど真剣な視線を向けられ、小夜は頷いた。やはり、意中の女がいるのだ。

「一目惚れだった。こんな女がいたのかと、心臓がドクドク鳴って、それからずっと、その女のことばかり考えてきた」

「同じ学校の人？」

「いや」

「瑛介さんはもてるでしょう？　バレンタインのチョコだって、たくさんもらうんでしょう？　その人のこと知ったら、瑛介さんのファンの人達、がっかりするわね。みんな、知ってるの？」

「誰にも知らない」

「誰にも知られないように、こっそりおつき合いするの、大変でしょう？」

瑛介に好きな相手がいるのを知って、小夜はうら淋しかった。祝福してやらなければと思うものの、初対面のときに心騒いだことを思うと、できたばかりの大切な兄を他人に奪われる気がした。

「つき合えたらと思ってきた。ときどき、こっそり眺めるだけだった」

「片思い……？　まさか。だって……」

「何だ」

「すごくもてそうだから……告白して断られたの？」

「まだ言ってない」

瑛介でも好きな女に告白できないのかと、信じられない気がした。

「どんなことをしても手に入れたいものがあったらどうする？　それが自分の手に届かないものだったら」

瑛介はつい今し方までとちがって、真剣な目をしていた。

「手の届かないものなら諦めるしかないと思うけど……」

「諦められないものだったら？」

「努力して手に入れるかしら……。でも、私にはまだそんなものがないから、よくわからないわ」

「小夜ちゃんには好きな男はいるのか」

「まだ……」

彩継の顔が浮かんだ。父であると同時に、危険な関係を持ってしまった相手だ。これからどうなるかわからない。誰にも決して知られてはならない秘密だ。

「男から死ぬほど好きだと告白されたらどうする？　小夜ちゃんは、もてるはずだ。男がほっとくはずがない」

「女子高だから……」

「ファーストキスはいつだった？」

瑠璃子ならともかく、異性である瑛介がそんなことまで尋ねてくるとは思わず、小夜は動悸がした。

「中学生のときか」

「そんな……そんなのしたことないわ……ふたりっきりでつき合ったこともないのに……そ

んなこと、訊かないで……この先にきれいな侘助が咲いているの。小夜侘助よ。私の名前はそれからつけられたの。亡くなったお母さまと、ここのお養母さまの名前の元になった胡蝶侘助と鳴門緋蝶は、まだつぼみ。もしかすると、来週、咲くかもしれないけど」

きわどい話から逃れたくて、小夜は積もっている雪を踏みしめながら、足早に進んだ。

「ほら、これ。どう？」

赤いラッパ咲きの小さな侘助だ。

瑛介は小夜侘助のひとつを掌《てのひら》に載せた。

「可愛いな……」

「好き？」

「ああ、世界一好きだ」

瑛介は侘助を離すと、いきなり小夜を抱き寄せ、唇を塞いだ。あっという間のできごとだった。

小夜は瑛介を押し退けようとした。瑛介の力は強かった。胸の中から逃れることはできなかった。

雪の中だというのに、噎《む》せるような男の匂いがして、瑛介の唇は燃えているように熱かった。激しいふたつの鼓動が競うように打ち叩かれていた。

小夜はじっとしていることができず、もがいた。何が起こったのか、すぐにはわからなかった。いくらもがいても、やはり瑛介から逃れることはできなかった。

瑛介の舌が小夜の唇を割って入り込もうとした。小夜は唇を固く閉ざして拒んだ。瑛介は執拗に舌を差し入れようとした。

「俺のこと、嫌いか？」

顔を離した瑛介が訊いた。

胸を喘がせながら、小夜はすぐさま首を横に振った。

「じゃあ」

「だめ！　だめなの」

小夜は逃げようとした。

素早く抱き寄せられ、また唇を塞がれた。

瑛介の舌が強く唇を割って入り込んだ。

だが、小夜は力を入れて上下の歯をつけていた。

瑛介は壁になっている歯を舌で押し続けた。

やがて小夜は力を抜いた。その隙を逃がさず、瑛介の舌が入り込んだ。そして、動き出した。

小夜の鼓動は最高潮に達していた。倒れそうな気がした。瑛介は小夜の唾液を奪い、喉を鳴らして飲み込んだ。暖かい舌が口の中を動いていく。小夜は何もできず、ただされるまま、抱き締められていた。

「好きだ」

どれほど時間が経ったか、顔を離した瑛介が言った。

「好きだ。最初会ったときからずっと……」

瑛介が言っていた女は自分のことだったのだと、小夜は初めて知った。胸が新たに波打った。

「せめて大学に入るまで言わないでおこうと思ってた。だけど、初めてふたりきりになって、言わずにはいられなくなった。この屋敷を、何度もこっそり覗いた。小夜ちゃんの後をつけたこともあった。彼氏がいないようだとわかったとき、それだけは嬉しかった。だけど、いつ男といっしょに歩くことになるかと、毎日不安だった。他の男なんか好きになるな」

瑛介はこれまでになく真剣で、哀願するような視線があった。

「だめ……だめなの……私は妹なんだから」

小夜は泣きそうになって駆け出した。

瑛介が追った。

小夜はすぐにつかまった。

「血の繋がりなんかないじゃないか。俺は深谷《ふかや》瑛介で、小夜ちゃんは柳瀬だ」

「瑛介さんのお養父さんは、私の実の父なの……父や小母様を哀しませないで」

「どうして哀しむ？　何の問題がある？」

「だめ……」

自分の中に流れている得体の知れない血を感じたのはいつごろだろう？　小夜はいつからか、危険なことが起こると感じるようになった。だから、景太郎が再婚したいと言ったときも、瑛介がいる以上、いっしょに住んではならないと思った。

しかし、養女として叔母夫婦の屋敷に入ったものの、気がつくと、彩継と危険な時間を持つようになってしまっている。やはり、どこにいても、何かが起こってしまうのだ。

小夜は今起こったことを、どう処理していいか、収拾がつかないでいた。

「どこにいるんだ？」

彩継の呼び声がした。

ふたりは同時に、今来た道を振り返った。

「そんな顔をしていたら不自然に思われるぞ。笑えよ」

焦っている瑛介が命じたものの、小夜はいっそうパニックになり、泣きたくなった。

「俺達の足跡しかついていない。この雪じゃ、どこに隠れてもすぐにわかる」

彩継の声は一度で途切れたが、すぐに、景太郎達の話し声も聞こえてきた。

「無理に笑って強ばるのもおかしいか。まあ、悟られたらそのときか。訊かれても何も言うな。いや、今のことを言いたいなら言えよ。仕方がない。全部、俺が悪い。俺が責任をとる。だけど、好きなのは本当だ」

瑛介が穏やかな顔を向けた。

「いるか？」

彩継の声がした。

「小父さん、こっちですよ！　小夜侘助の前です！　走らないでくださいよ。転んだりしたら大変ですから！」

瑛介が叫んだ。

やがて、彩継達がやってきた。

「小父さん達は、雪の中より、お酒とご馳走がいいかと思ったんですけど、やっぱりこんなに降っているんじゃ、ご馳走より雪ですか。誰もいないし、贅沢ですよね。この庭」

瑛介は何ごともなかったように言った。

「これが小夜侘助だと教えてもらって、眺めてました。小母さんの椿はまだ来週ぐらいからとか」

「そう、小夜侘助のほうが少し早いから」

緋蝶がこたえた。

「僕は花のことなんか知らないから、あっちのほうの山茶花を薔薇みたいだから、薔薇と根っ子がくっついているんじゃないかと言って笑われました」

「まあ」

緋蝶が笑った。

「私がいつも忙しく働いていたんで、ゆっくりと散歩して、草花の名前を教えてあげるなんてことができなくて……」

愛子は恐縮している。

「寒くないか？」

彩継は小夜を見て尋ねた。

「大丈夫」

小夜はかすかに唇をゆるめた。

「小夜ちゃんが風邪をひくって、お養父さまったら落ち着かなくて」

「実の娘でも、私はそこまで心配したことはありませんよ」

緋蝶の笑いのあとで、景太郎も相好をくずした。

「小父さん、過保護すぎると、かえって弱くなりますよ」

瑛介も続けた。

この場の不自然さを気づかれなかったことを確信し、小夜は安堵した。

「夏は池の睡蓮がみごとらしいですね。それから、千両の実は葉の上。万両の実は葉の下につくんですね。さっきまで知らなかったんです。小夜ちゃんが、何にも知らない僕を哀れんで、教師のように説明をはじめるんです」

「そんな……」

小夜が困惑した。

大人達が笑った。

「もう何にも教えません……」

このままでは不自然さを悟られるような気がして、小夜は瑛介の言葉を渡りに舟と、全員に背を向けて歩き出した。

「瑛介はこのとおり、女性に対してちっとも気が利かないんです。言いたい放題だから恋人もできないんだわ」

愛子が溜息をついた。

「ほう、いないんですか？　五人でも十人でもいそうだがな」

彩継は愛子の言葉に応じたあと、瑛介に向かって言った。

「恋人はいなくても、押しかけガールフレンドぐらい何人でもいますよ。おかげで、バレンタインデーのチョコレートをもらいすぎて、まだ三年前のを食べている最中です。来月のことを考えると頭が痛いですよ。順に食べていくと、片づくまで数年はかかるでしょうから」

「瑛介には舌が二枚ありますから。困った子」

小夜の背中で笑いが起こった。

3

景太郎達の帰った椿屋敷は、しんとした夜を迎えていた。賑《にぎ》やかだっただけに、いつもより静けさが際立った。

「瑛介さんって面白いわね。ガールフレンドはいないようなことを言ってたけど、美男だし、性格も明るいし、きっと誰かいるわ。今の時代は昔とちがって交際もしやすいでしょうし」

三人は食事室ではなく、景太郎達と過ごした和室にいた。

床の間の青竹の花入れには、紅白の椿と衝羽根《つくばね》が飾られている。

お節をつまみながら、彩継は日本酒を呑んでいた。緋蝶もゆっくりと日本酒をたしなんでいた。

「お屠蘇《とそ》……呑みたいな」

小夜は朝、一口だけ祝いの屠蘇を呑んだが、まだたっぷりと残っているのを知っていた。甘いから呑みやすい。しかし、美味しいから呑みたいのではなく、屠蘇で酔った振りをして、早々に部屋に戻りたかった。日本酒やビールを呑みたいというわけにはいかないし、呑ませてくれるはずもない。

瑛介から受けた口づけの余韻が残っている。まだ唇がジンジンしていた。

生まれて初めて、異性から受けた口づけに、あの瞬間から小夜の脳裏には、そのときのことばかり浮かんでいた。

(世界一好きだ)

(最初会ったときから、ずっと好きだ……)

思いがけない瑛介の言葉だった。

彩継達に不自然さを悟られてはならないと、必死に芝居を続けてきたが、躰の芯から疲れている。

「小夜ちゃんは、お屠蘇が好きだったかしら？」

緋蝶に訊かれ、小夜はすぐに頷いた。

「あんまり呑みすぎちゃだめよ。少し、アルコールが入ってるんだから」

「たかが味醂《みりん》に浸した薬じゃないか」

彩継は杯に屠蘇を注いでやった。

小夜はそれを取ると、一気に飲み干した。

「美味しい……もう一杯いい？」

「まあ……だめよ……そんなにグッと呑んじゃ」

「小夜は見かけによらず、将来、飲兵衛になるのかな。困ったな」

笑った彩継は、また注いでやった。

何杯か呑むつもりになっている小夜は、二杯でおしまいと言われると困ると、今度はゆっくり呑んだ。

「お養父さまの呑んでいるお酒……どんな味？　あっちのお父さんが美味しいって言ってたけど」

「呑むか？　ほら、少しだけだぞ」

「だめよ、あなた……」

緋蝶におかまいなく、彩継は小夜にぐい飲みを渡した。

小夜はまず匂いを嗅いだ。香りがいいと、大人達は言っていたが、好きな匂いではない。それでも、無理に口に入れて呑み込んだ。噎せた。

「あらあら、ほら、お酒なんか呑ませるから」

緋蝶が背中を叩いた。

「まだ酒は無理なようだな。一口だけか」

涙を滲ませた小夜を、彩継は心配するどころか、愉快そうに笑った。

小夜にはふたたび酒を口にする勇気はなかった。

「お屠蘇のほうがいい」

「もうだめよ」

「あと一杯だけだ」

彩継の注いだ屠蘇を、小夜はチビチビと呑んだ。

そのうち、まず顔が熱くなってきた。全身も熱くなってきた。少しだけ、息が荒くなってきた。

「あら……どうしたの？」

「屠蘇で酔ったか？」

酔った振りをして早々に部屋に入るつもりが、本当に酔いがまわってきた。初めての経験で、小夜は総身の怠さに戸惑った。

「何だか……ぜんぶ……怠い」

瞼が重くなってきた。

「お屠蘇だって、呑み慣れていない子には強いんですよ。味醂にもアルコールが入ってるんですから」

緋蝶が彩継を非難した。

「眠いから、寝てもいい？　お風呂は……」

「明日の朝になさい」

緋蝶が部屋まで小夜に付き添った。

「困ったわね？　大丈夫？」

「大丈夫。ちゃんとパジャマに着替えて休むから」

「気分は悪くない？」

「眠いだけ。お養母さま、ごめんなさい」

「いいのよ。すぐに、お休みなさい」

ひとりになった小夜は、セーターとスカートを脱いだが、パジャマに着替える余裕もなく、そのままベッドにもぐり込んだ。そして、すぐに眠りの底に落ちていった。

早い就寝だっただけに、小夜は夜中に目が覚めた。インナーだけで寝ていたのに気づいた。暖房が入っているので寒くはなかった。

昼間の瑛介の言葉と熱い口づけが、すぐに甦った。小夜は指先で唇を辿った。

彩継に不自然さを悟られていないだろうかと、あらためて不安になった。

彩継は何でも知っている。指でこっそりと恥ずかしいことをしていたのも知っていた。

瑛介の口づけの後、すぐに彩継の声がしたのは、そうなることがわかっていたからではないのか……。

そんな不安に襲われたものの、庭で合流したときのこと、瑛介達が帰ってしまった後の三人での食事を思い出すと、何も気づかれていないように思った。

彩継のことばかり考えるようになっていたというのに、あの口づけの瞬間から、瑛介が心を占めている。

初対面のときから、瑛介に惹かれていた。いっしょに暮らしてはならない男だと思った。

それなのに、自分から、庭を案内しようと言い出してしまった。

そんなことを言わずに部屋にいれば、あんなことは起こらなかった。けれど、戸惑いながらも、初めての体験に、苦痛と悦びがいっしょになっている。自分の躰がここにあるのに、心が別の場所にあるような、不思議な気がしている。屠蘇を呑まなかったら、目が冴《さ》えて眠れなかっただろう。

瑛介に抱き締められたときのぬくもりと、火のように熱かった唇。そして、入り込んできた舌は、口の中をまんべんなく動きまわり、唾液を絡め取った……。

「瑛介さん……」

小夜は照明を落とした薄闇の中で、小さな声で瑛介を呼んだ。

躰が熱い。屠蘇のせいではなく、躰の奥の何かが燃えている。

「瑛介さん……」

小夜はベッドから抜け出し、ドアの鍵《かぎ》を閉めた。

インナーを脱ぎ、素裸になった。

ベッドに戻ると、乳房をつかんだ。乳首に触れると、硬くしこっている。その果実をつまむと、下腹部に向かって妖しい疼きが駆けていった。

肉のマメのあたりがモヤモヤとしはじめた。乳房の手を下ろし、翳りを撫でた。指は、すぐに肉のマンジュウのワレメの中に入り込んだ。

肉のマメをいじると、すぐにあのときがやってくる。一瞬にしてあのときを迎えるのは虚《むな》しい。だから、すぐには肉のマメには触らない。

肉のマメの存在は、瑠璃子に触れられたときに初めて知った。それから、恐る恐る触れるようになり、徐々に触れる回数が多くなってきた。それでも、指アソビをするときは、最初は二枚の花びらをいじる。

花びらの尾根をぴらぴらと揺らしてみる。初めは刺激を少なくし、徐々に強くしていく。一気にあのときが来ないように、ときには指の動きを止める。

あの瞬間が来ると、倦怠感《けんたいかん》で眠くなる。あの瞬間の、空に舞うような感覚を求めて指でこっそりと遊んでいるというのに、そのときがすぐに来てはつまらない。いかにそのときが来るのを遅くするかを、小夜はそのつど考えるようになっている。

その瞬間までがいい。その瞬間を目指して指を動かしているというのに、そこまでの間がいい。

妄想を楽しんでいるのかもしれない。頭を空っぽにして、ただ指を動かして、あの感覚を味わうだけでは意味がない。

初めて下腹部に手が伸びたとき、妄想はなかった。だが、すぐに妄想がはじまった。最初は、猥褻《わいせつ》な医者にいたぶられている妄想が多かった。

病気になって病院に連れて行かれたとき、下穿きを下ろされ、臀部に注射された記憶からかもしれない。そこにいた大人達は腕に注射されていたが、自分だけ尻を剝かれて注射をされてしまったという記憶からだろうか。

それから、ここの養女になり、彩継に実際に屈辱的な検査もされ、妄想に出てくる医者が、彩継に代わった。

妄想しながら指を動かすことで、切なくなる。その切なさに、妙に昂ぶる。その気持ちの昂ぶりが、肉の快感をいっそう昂めるような気がする。恥ずかしい妄想がなくては、指は動かない。恥ずかしい妄想がはじまり、指が動き出すのかもしれなかった。

今夜は彩継ではなく、瑛介が浮かんでくる。

(小夜ちゃん、好きだ。だから、そこを見せてほしい)

(いや)

(どうしても見たい)

(だめ)

(見せられないわけがあるのか?)

瑛介が迫ってくる。

(だめなの。お願い、見ないで……)

(押さえつけて見られたいのか)

(いやあ！　見ないで！)

瑛介が小夜を押さえつけ、両手をくくって自由を奪い、太腿を大きくくつろげた。

(いやいやいやいやいや！　だめっ！)

小夜は妄想を続けた。

ここまでくると、指が二枚の花びらをこねはじめる。

(ああ、いや……しないで)

強引に恥ずかしいことをされている妄想を浮かべると、なぜ、こんなにも切なく、その切なさが心地よいのだろう。

(いつも自分でいやらしいことをしてるんだろう？　見ればわかる。こんなふうにするんだろう？)

小夜は花びらの指を動かし、肉のマメを包皮の上からクリクリといじった。

(ああ、いや！)

(いやじゃないだろう？　気持ちがいいのはわかってるんだ)

肉のマメに刺激を与えると、すぐに衝撃が駆け抜けていきそうだ。それを遅らせるために、また花びらに指を戻してこねた。

（ぬるぬるしてきた。小夜ちゃんはいやらしいんだな。お仕置きしておこうか）

小夜は片方の花びらを、爪を立ててつまみ上げた。

（いやっ！　痛い！）

妄想は続いた。

息が荒くなってきた。もうじきあのときがやってくる。これ以上、焦らすことはできない。

一気に駆け昇るだけだ。

「瑛介さん」

そう口にしたとき、

「小夜」

彩継の声がした。

小夜は凍りついた。

薄闇の中で黒い影が動いた。部屋が明るくなった。

小夜の総身から汗が噴き出した。激しい鼓動が、自分の耳に届いた。

「小夜、また自分でいじっていたな」

毛布が剝がされた。

「いやあ！」

小夜は躰を回転させ、うつぶせになった。

鍵をかけた。それなのに、なぜ彩継がいるのか。小夜はパニックに陥っていた。

「酔っていたようだから気になって、ずっとここにいてやったんだぞ。いつしか私も眠ってしまったが、ごそごそ音がして、起きあがったおまえは部屋の鍵を閉めた。それから」

「いやいやいやいやいやいや！」

彩継は小夜を力ずくで仰向けにした。

「お養父さま、いや。お養母さまが来たらいや。お願い、出ていって」

なぜ、彩継がいるのに気づかなかったのだろう。照明を落としたまま、薄闇の中で動いたからだろうか。

「出ていって……お願い、お養父さま」

「大丈夫だ。緋蝶は蔵にいる。もう、その意味はわかるな？　私が迎えに行かない限り、出てこられない。いつかのように、赤い縄でくくってきた」

小夜の胸が喘いだ。

小夜の両肩を押さえていた彩継の手が、一瞬にして太腿を割った。

「いやあ！」

「本当は、緋蝶は自分の部屋にいる。そんなに大きな声を出すと聞こえるぞ」

口を閉じた小夜の唇が震えた。

「ふふ、ずいぶんといじっていたな。花びらがぷっくりと太って、オマメも大きくなっているみたいだ。瑛介のことが好きか。名前を呼んだな」

小夜は首だけでなく全身を左右に動かして、否定した。

「彼はおまえの兄だ。そんな男を好きになるのはやめろ」

「好きじゃありません」

半日もしないうちに昼間の秘密を知られてしまいそうで、小夜は必死に首を振り立てた。

「好きじゃない男の名前を口にしながら、大事なところをいじるのか」

小夜は首を振るしかなかった。

「いけないな。兄さんといやらしいことをしている想像をしながらいじるのは」

小夜が、瑛介さん、と口にしたとき、彩継は激しく打ちのめされた。

瑛介が小夜に興味を持っていただけでなく、小夜も瑛介に惹かれていたのだ。ほんのひとときとはいえ、ふたりきりにした時間を後悔した。

おかしなことにはならなかったはずだが、話は十分出来たはずだ。いったい何を話していたのか、こうなってみると、やはり、ふたりきりにさせことが悔やまれる。

「大事なところをいじるのはいい。だけど、彼を想像しながらするのはまずいな。いつから彼のことを想像していじってるんだ？　正直にこたえなさい。そしたら、景太郎さんや緋蝶に言わないでおく」

恐ろしい脅迫だった。

「言わないで……はじめてです。本当に……今まで、昨日まで……お養父さまのことを考えて……そう、お養父さまのことだけを考えてしていたの」

追い詰められて、思わず真実を告白してしまった恥ずかしさに、小夜は両手で顔を隠し、羞恥に身悶えた。

「ほう、私のことを想像しながらいじっていたのか」

彩継は小夜のようすを見て、嘘ではないような気がした。やけに嬉しかった。

「だったら、毎日、私がいじってやってもいいんだ。想像よりいいだろう？」

「だめ……」

小夜は押し広げられた脚を閉じようとした。だが、彩継の力は強かった。腰をくねらせた。それでも、ひらいた脚は閉じなかった。

「私を思い浮かべながらいじっていたのがわかったからには、毎日でもいじってやる。これまでも、何度もいじってやったもんな。いい子だ。気持ちよくしてやる」

彩継は秘園に顔を埋《うず》め、幼いメスの匂いを嗅いだ。オスの力が漲《みなぎ》った。

「小夜、大きな声を出すと、お養母さんが来るぞ」

彩継はベッドに上がって脚の間に躰を入れ、空いた手で肉のマンジュウを大きくくつろげた。愛らしい花びらもいっしょにひらいた。

「舐めてやろう」

「いや。お風呂に入ってないからいや」

小夜は緋蝶を気にして声を殺している。

「風呂に入るといいのか」

「いや」

「いやは通じないぞ。声が出るから、奥歯を嚙みしめておいたほうがいいぞ。タオルでも嚙んでおくか？」

彩継は花びらの脇を舌先で舐めた。

「んんっ！」

小夜がたちまち気をやった。

秘園がぬるぬるしている。

もう少し時間をかけて、そのときを迎えさせたかった彩継は、あまりのあっけなさにもの足りなかった。

花びらを唇に挟んだ。

「くっ！」

小夜がまた跳ねた。

会陰から肉のマメに向かって舐め上げた。

「いやあ！」

声を殺すことができず、静寂を突き破るような声が上がった。

さすがの彩継も、緋蝶が気になった。

小夜をひっくり返した。

「枕を噛むんだ。今度、今のような声を出したら、緋蝶が飛んで来るぞ」

緋蝶は熟睡しているはずだが、危険だ。あまり長居はしないほうがいい。

彩継は小夜の腰を持ち上げた。

「ああ、いや……」

顔を横にして、小夜が言った。

「枕を噛め！」

低い声で命じた。

顔を戻した小夜は、枕に顔を埋めている。それを噛むまでもなく、くぐもった声しか洩れない。

破廉恥に腰を持ち上げ、後ろのすぼまりを舐めた。
枕の中にくぐもった声が洩れると同時に、小夜の総身が強ばった。

第四章　三種の花

1

一月も終わろうとしている教室で、小夜は溜息をついた。

雪の日の瑛介の告白と口づけが、目覚めたときから眠りに着くまで頭から離れない。

火のように熱かった瑛介の唇。生まれて初めての口づけ。抱き寄せられ、一方的に押しつけられ、小夜は何もできなかった。いやではなかった。だが、いけないことをしている気がして、必死に拒もうとした。それなのに、時間が経つほどに生々しく思い出される。

景太郎が再婚したいと言い、相手の愛子と、連れ子の瑛介を紹介された瞬間から、瑛介とは決していっしょに暮らしてはならないのだと思った。

(私はいけない子……お養母さまにないしょで、お養父さまにあんなことをされながら、恥ずかしいのに気持ちよくなるの……それなのに、瑛介さんから好きだと告白されて……そし

て)

小夜は瑛介が触れた唇を、指先でそっと辿った。

(好き……瑛介さんのこと、好き……会ったときから好きだったの……だから怖かった……だって……あなたは私のお兄さまだもの……)

切ないほどに瑛介への思いがつのっている。

会いたい。できるなら、今すぐにでも会って、瑛介と話したかった。話せなくてもいい、見つめ合うことが出来るなら……。そうも思った。

瑛介はあの日の帰り際、みんなの目を盗んで、必ず大学に合格する。合格したら、いっしょに祝ってくれ、と言った。

これから瑛介は受験に挑む。小夜は合格発表の日を指折り数えていた。発表までが長すぎる。これほど切なく心が揺れたことはない。これが恋なのだと実感していた。

(瑛介さん……会いたい)

今度、瑛介に抱き寄せられたら、小夜も口づけに応えるだろう。なぜ拒んだのかと、今になって後悔した。

(瑛介さん……)

小夜はまた溜息をついた。

「どうかしたの？」

瑠璃子がポンと肩を叩いた。小夜はビクリとして振り返った。

「何考えてるの？」

「別に……」

「本当のお父さんが恋しくなった？」

「まさか……」

「そうよね、先生も小母さまもとってもいい人だもんね。広い贅沢なお屋敷は、最高の居心地のはずだしね。いつだって本当のお父さんにも会えるんだし。そういえば、小夜のお兄さんになるのかな……そのスポーツマンのかっこいい人と会ってみたいな。お屋敷に来る日がわかったら教えてよ」

瑠璃子は彩継との関係を悟られないように、小夜に聞いたことがある瑛介に興味を示しているふうに言った。

「これから受験だし、しばらく来ないんじゃないかな……」

小夜は瑠璃子に瑛介を会わせたくなかった。瑠璃子は彩継にだけでなく、瑛介にも近づいていくような気がした。

「先生、私のこと、何か言ってない？」

瑠璃子は探るような目で小夜を見つめた。

「何かって？」

「だから、不器用そうだから、私に人形作家は無理だろうとか」

瑠璃子は彩継との関係を小夜に悟られていないか、ときおりさりげない質問をしては、小夜を試していた。

「そんなこと、ぜんぜん。だって、瑠璃子は不器用じゃないし、お養父さまも、最後は感覚だって言ってたでしょう？　それより、お養父さま、私のことを、だめだって言ってない？」

今度は小夜が瑠璃子を窺った。

「ぜんぜん。小夜は先生の子供なんだから、私よりずっと可能性があると思うわ。羨ましいな。私も先生の養女にしてもらおうかな。そうだ、それもいいね！　そしたら、小夜と姉妹になるんだ。お誕生日が早いから、私のほうがお姉さんよ」

瑠璃子がひとりではしゃいでいる。

「そんな……瑠璃子はだめ。簡単に養女なんて言っちゃだめよ。私はお母さまも亡くなったし、いろいろあって養女になったんだから。いくらひとり娘でも、結婚したら家から出ていくことになるかもしれないんだし、瑠璃子、お母さま達を哀しませちゃだめよ」

瑠璃子なら、本気で養女にしてほしいと言い出しかねない。屋敷に部外者を入れるわけにはいかない。小夜は瑠璃子を傷つけないように言葉を選んだ。

「そうよね。ごめん。だけど、養女にでもならない限り、いつか先生にも会えなくなるかもしれないし……あっ、変なふうに考えないでね。オジサマに弟子を見限られて、出入り禁止になるって意味よ」

瑠璃子は自分の口から出た言葉に慌てた。

「私と友達でいる限り、お養父さまの弟子とかそうじゃないとかに関係なく、いつでもうちに来られるんだし、そしたらお養父さまにもいつだって会えると思うわ」

「わかってる。私はオジサマというより、オジサマの人形が大好きだから、これからもずっと見せてもらいたいなって思ってるの」

瑠璃子は彩継のことを、先生と言ったり、オジサマと言ったりする。

「小母さま、私のこと、煩《うるさ》いって言ってない？」

「どうして？　お養母さまは瑠璃子のこと、大のお気に入りよ。太陽みたいで、家が明るくなるって」

瑠璃子は安堵する一方で、緋蝶にも小夜にも後ろめたいことをしている自覚はあった。だが、彩継の破廉恥な行為は麻薬のように全身を浸していた。今さら、その指や言葉から逃れられそうにない。できるなら、一晩だけでも、彩継とふたりだけの時間を持ちたかった。

「きょうは華道の日で、小夜は小母さまと出かけるんだ……でも、朝からオジサマの人形をすっごく見たいと思ってたの。小夜の留守に行っちゃいけないかな。オジサマは、いつでもおいでって言ってくれてるんだけど……」

「お養父さまの仕事の邪魔にならないなら、いつでもいいのよ。私達は九時ごろにしか戻ってこないけど」

「だったら、小夜達が戻ってくるまでいようかな」

瑠璃子は彩継との時間を考え、胸が躍った。彩継の指の感触を思い出すと、後ろのすぼまりに虫たちが這いずりまわっているような気がした。

小夜と緋蝶のいなくなった椿屋敷で、瑠璃子は彩継に見つめられ、口に溜まった唾液を呑み込んだ。

「新しい男はできたか？」

瑠璃子は即座に激しく首を振った。

「もう男を知ってるんじゃ、セックスしたくてたまらないんじゃないのか？」

また瑠璃子は首を振った。

「オナニーはしてるか」

セーター越しに瑠璃子の乳房が波打った。

「オマメをいじるだけじゃもの足りなくて、アソコに何か入れたりしてるんだろう?」

瑠璃子は喉を鳴らした。

「何を入れてる? バナナか」

瑠璃子は首を振った。

いつも陽気にしゃべる瑠璃子も、彩継とふたりになると、容易に言葉が出てこない。彩継は、これまでつき合った男とは異質のタイプだ。周囲には子供じみた男しかおらず、教師や身近の男にも、彩継のような威厳はない。

いつもはやさしい男の振りをしていながら、ふたりになると彩継の視線の強さが変化する。その目に捕らえられると、獣に追いつめられた小動物のように、射すくめられてしまう。それでいて、怖いという感じより、体の中心や頭が熱くなるような、不思議な快感がやってくる。

もはや彩継とは対等にはなれない。彩継は小夜の養父とか、緋蝶の夫という存在ではなく、高いところにいる絶対的な支配者だ。この支配者なくしては、じっと立っていられなくなるような気がしてしまう。

「前に入れるのは指だけか？　まさか、後ろにも何か入れたりしてるんじゃないだろうな」

荒い息が瑠璃子の鼻から洩れた。

心の底を見透かすような彩継の視線に、瑠璃子は視線を落とした。

「前に入れるのは簡単でも、自分で後ろに入れるのは難しいんじゃないか？」

ふふと笑う彩継に、こっそりとしたはずの破廉恥な行為を見られていたような気がして、瑠璃子の体温は一気に上昇していった。

排泄器官としか思っていなかった後ろのすぼまりに触られたときから、そこが異常に感じることを知った。彩継に何度も触れられているうちに、夜のひとり遊びのとき、まず後ろに触れてみなくては気がすまなくなった。

最初は後ろから腕をまわして、すぼまりには届きにくいものだと思ったりしたが、横臥して躰を丸めて手を伸ばせば、楽に触れることができるのを知った。

すぼまりをいじると気持ちはいいが、そこだけで絶頂を迎えることはできない。最後は、今までのように、肉のマメを揉《も》みしだいて、最後の悦楽を迎える。

「オマメをいじってオナニーしているぐらいなら可愛いが、尻の穴に指なんか入れて遊んでいるとなると、恥ずかしくて嫁にも行けなくなるぞ」

顎《あご》を持ち上げた彩継の歪んだ笑いに、瑠璃子は汗ばんだ。

「結婚なんか……しないから」

「ほう、シングルでいくか。今の時代、それもいい。女もたくましくなった。かえって男よりたくましいかもしれない」

簡単に言われたが、瑠璃子には彩継しか見えなくなっている。そんな瑠璃子の気持ちに気づいていないのか、あえて、気づいていない振りをしているのか、それが瑠璃子には口惜しかった。

「抱いて……」

瑠璃子は遠慮がちに彩継を見つめた。

「小夜はまだ男も知らないというのに、瑠璃子は堂々とセックスを求めてくるんだな。こんな年寄りのどこがいい」

「年寄りじゃない。有名な人形作家で紳士で」

「尻しかいじらない男が紳士か」

彩継はクッと笑った。

「きょうは抱いて。セックスしたい。オジサマに抱かれたい……」

「それは、ペニスをヴァギナに入れてくれという意味か」

瑠璃子は頷いた。

「十六歳とセックスするわけにはいかないな。後ろのヴァージンはいただくがな。そろそろいただけそうだしな」

獲物を捕らえた彩継の視線だった。

瑠璃子は大きく喘いだ。

「年の初めの記念によさそうだ」

工房に引っ張られていった瑠璃子は、ただ荒い息をしていた。

いつもとちがい、もしかして彩継の太いものが、排泄器官でしかない後ろのすぼまりに、きょうこそ入り込んでくるかもしれない恐怖に皮膚がそそけだつ。だが、奇妙な期待もあった。

初めてふたりきりになった去年の初夏の日から半年以上、彩継は指で女園を触っても、決して秘口に肉茎を打ち立てることはなかった。アヌスだけしか玩ばない。

最初の日から、瑠璃子はアヌスの快感に目覚めた。女園をいじられるより何倍も屈辱的だが、それだけ快感も大きかった。後ろを触られているというのに、かつてないほど秘口が濡れてくる。何もされないうちから、下腹部が疼いてくる。

「いつものことをされたくてここに来たのなら、中は空っぽにしてきたか？」

胸が波打つとともに、肩先もかすかに上下した。

「そんな時間もなかったか。裸になって尻を突き出せ。たっぷりと浣腸してやる。ヴァージンをいただくのはそれからだ。アナルコイタスの前に中をきれいにするのはマナーだぞ」

彩継の言葉が脅しでないことは瑠璃子にもわかった。毎回、アヌスに入れる棒を太くされ、今では、半年前には考えられなかったほど太いアナル拡張棒が沈むようになっている。それは、彩継の勃起した肉茎と同じほどの太さだ。

彩継は工房に鍵をかけ、棚の奥から、極太のガラス浣腸器を出した。

「さっさと脱げ。小夜達が帰ってくる前には終わらせないとまずいだろう? こんなことで時間を食っていたら、せっかくの初めての楽しみが、短い時間で終わってしまうぞ」

彩継は潤滑クリームも用意した。

「オジサマ……怖い……怪我しない……?」

瑠璃子は心細げに訊いた。

「瑠璃子の心がけしだいだ。素直に受け入れればいい。抵抗すれば怪我をするかもしれない」

彩継は人肌のぬるま湯を浣腸器に満たした。

瑠璃子は打ち叩かれる心臓の鼓動を自分自身で聞きながら、制服を脱いでいった。

小夜と胡蝶の華道の日とわかっていて、最初からきょうはここに来るつもりだった。ショーツとブラジャーは、お年玉で買った刺繍入りのやや贅沢なワインレッドの揃いのセットをつけた。

「最後のヴァージンを失うのを予感して、下着も新調してきたか。なかなか似合ってるぞ」

瑠璃子は下着のことを言われ、嬉しかった。できるなら、彩継に脱がせてほしいと思ったが、すでに破廉恥なものを手にしている彩継を見ると、自分で脱ぐしかないのを悟った。

「来い。ここに手をついて尻を突き出せ」

すべてのインナーを取り払った瑠璃子は、昂ぶりのために苦しい息を吐きながら、工房の洗い場の縁に手をついた。

彩継は突き出された桃尻の後ろから手を入れ、秘園をいじった。

短い声を上げた瑠璃子の総身が強ばった。

「ベトベトじゃないか。いやらしい女子高生だ。もう濡れてるとは、末恐ろしいな」

彩継は瑠璃子が十分に濡れているのを確かめると、唇をゆるめた。

「動くなよ」

嘴《くちばし》の先をひくつくすぼまりに突き刺すと、瑠璃子の口から、喘ぎともとれる短い声が洩れた。

ガラスの嘴がすぼまりに入り込んでくる冷たい感触と、シリンダーが押され、ぬるま湯が腸を満たしていく感触だけで、瑠璃子は躰の力が抜けそうになる。これから始まる行為の前に通過しなければならない恥ずかしい儀式だけで、頭が朦朧となっていく。

夜の秘密のひとり遊びの妄想では、必ず彩継が出てくる。こうやって尻を突き出して、浣腸されている場面からはじまり、破廉恥な行為へと移っていく。妄想だけでも躰が熱くなる。まして、現実にそれをされている今、洩らしそうなほどの快感に満たされている。

「あう……先生……いや……もうだめ」

まだぬるま湯を注入されても大丈夫だが、そう言うことで、精神的な快感がいっそう昂まってくる。

「きょうは口から出るほど、たっぷりと入れてやるぞ」

毎回の浣腸で、多量のぬるま湯を注入しても瑠璃子は持ちこたえるようになっている。たて続けに三回も注入した。腹部がふくらんできた。

秘園に触ると、呆れるほどのヌルヌルが出ている。

トイレに行かせ、三回繰り返してきれいにした。

奥の蔵に連れ込んだ。まんいち、小夜達が早めに戻ってきたときに声を聞かれるとまずい。楽しみは三時間以内だ。

「だいぶ興奮しているようだな。尻の穴のヴァージンを失うとは、瑠璃子はヘンタイだ。へンタイもいいもんだろう？」

「普通のセックス……して」

瑠璃子は彩継に後ろを犯してもらいたいと思っている。彩継にヴァージンを与えることができると思うと、たとえヘンタイと言われようと嬉しい。だが、普通にヴァギナでも繋がりたかった。別の男が入った女壺に彩継の太いものを挿入してもらえば、過去の時間など消えてしまうだろう。

「十六歳の小娘とセックスなんかできないと言っただろう？」

「十八になるまで、セックスはしてくれないの……？」

瑠璃子は大人として扱われていないのが口惜しかった。

「さあ、どうかな。小夜の友達とセックスするわけにはいかないと思わないか？」

「普通のセックスよりいけないことを……誰もしない後ろなんかでしようとしてるくせに」

「瑠璃子が尻の穴で感じるからしてやるんじゃないか。四つん這いになれ」

瑠璃子は喘ぎながら両手と膝を床についた。

彩継は潤滑クリームをたっぷりと掬い取ってすぼまりに塗りつけた。その瞬間、瑠璃子はいつもより大きな声を上げた。

「最初は硬くすぼんでいたのに、今はこんなに柔らかくなって、早く太いものをくださいと言ってるようだな」

「くううう……オジサマ……変になる」

「そんなに気持ちがいいか。こうしていじっていると、オマメがトクトクと心臓のように脈打ちはじめるんじゃないか？」

指先の硬い菊のつぼみが、指を丸く動かしただけで、あっというまにほぐされていくのがわかる。

「アナル棒を入れるときといっしょだ。入れるときにゆっくりと息を吐くんだ。そうすれば、私のものも怪我をしないで呑み込める」

菊口の内側まで、たっぷりとクリームを塗り込めた。

彩継は後ろから太腿の間に手を突っ込み、ぬめった花びらを揺すった。瑠璃子が喘ぎながら背中を反り返らせた。

秘口に指を押し込んだ。ほんの浅く、第一関節までだ。予想外だったのか、瑠璃子の両手が震えた。

「ここがいいか」

「そこに入れて……」

哀願するような声だ。

「腸を洗ってきれいにしたんだ。今さら前に入れるのはもったいないじゃないか」

指を二、三度浅いところで出し入れして抜くと、瑠璃子は出された指を求めるように、破廉恥に尻を突き出した。

彩継は尻肉を強くぶった。

「あうっ！」

瑠璃子は前のめりに倒れそうになった。

「きょうは後ろのヴァージンをなくす日だ。そうしてほしいんだろう？　太い奴をオ××コに入れてもらえるなどと思うな」

彩継は裸になった。股間のものは歳に似合わぬ角度で漲っている。

「舐めろ。これがおまえの後ろを貫くんだ。ピカピカにしろ」

両手を着いている瑠璃子の前に立った。

上半身を起こした瑠璃子が、黒々としている肉茎を見つめ、喘ぎながら手に取った。

片手では握り切れない太いものが、本当に後ろのすぼまりに入るのだろうか……。

瑠璃子は恐怖に苛まれた。だが、その恐怖から、彩継に縋《すが》りたいという不思議な感覚が広がっていく。それが被虐の芽生えだと、瑠璃子は知る由もなかった。

「下手なフェラチオじゃ、ご褒美はやれないぞ」

瑠璃子は大きく口をあけて、肉茎を頬張った。何度か頭を動かしていると、顎が外れそうになる。すると、剛直を出し、亀頭だけ舐めまわしたり、側面を舌で辿ったりする。そして、またパックリと咥え込んで、側面全体を唇でしごきたてる。

「タマタマはどうした」

頭上の声に促され、瑠璃子は片手で玉袋をいじった。

「よし、もういい。横になれ」

彩継は床に毛布を敷いた。

瑠璃子はまた犬の恰好をした。

「ちがう。仰向けになれ」

瑠璃子は、もしかしてアヌスではなく、ヴァギナに挿入してもらえるのではないかと期待した。

彩継は仰向けになった瑠璃子の両脚を立てた。

「尻で繋がるときは、四つん這いよりこのほうが楽なんだ。初めてだから、できるだけ楽な恰好でさせてやる」

後ろを奪われるのだと、とうにわかっていたつもりだが、いざとなると、やはり怖い。瑠璃子は眉間に小さな皺を寄せた。

「できない……きっとできないから」

激しい動悸がしていた。

「できる。そのためにじっくりと半年以上もかけて拡張してやったんだ。普通なら、もっと早く入れてもよかったんだ。やさしいだろう？　うんと楽しませてやったんだ。息を吐け。吐くんだ。ちがう。もっとゆっくりだ。もっと。そうだ。その感じでやれ。たっぷりとクリームも塗ってある。怪我をしたくなかったら言うとおりにしろ」

彩継は瑠璃子の舐めまわした肉茎にコンドームをかぶせた。それから、軽く足を立てた瑠璃子の太腿の間に躰を入れ、正常位で合体するように腰を沈めた。

濡れた秘口ではなく、その後ろのすぼまりに亀頭を押しつけた。瑠璃子の総身が緊張で固まった。

「息を吐け。力を抜け。十分すぎるほど教えたはずだぞ。吐け」

瑠璃子はおののきながらゆっくりと息を吐いた。彩継はそれを確かめて、菊口に剛棒を沈めていった。

「んん……」

瑠璃子の目が彩継に救いを求めるように見ひらかれた。この目が嗜虐の血を滾らせ、オスを昂ぶらせる。陽気で色気などなかった瑠璃子が、アヌスを貫かれ、これまでにない刺激的な顔をしている。

「裂ける……オジサマ……いや……助けて」

掠《かす》れた声で切れ切れに、ようやく瑠璃子が訴えた。

「力を入れるからだ。もう一度、ゆっくりと息を吐け。しゃべるな。リラックスすれば何てことはないんだ」

瑠璃子は目尻に涙を浮かべながら、必死で息を吐こうとしている。

「うぐっ……」

太い肉茎は確実に菊壺に沈んでいった。

「ついに後ろのヴァージンもなくしたな。後ろは私のものだ。それでいいか？」

瑠璃子はすぼまりをいっぱいに押し広げて入り込んでいる肉茎に、焼けた棒を押し込まれているような気がした。それでも、涙を浮かべながら、それとわかるように、やっとのことで頷いた。

「息を吐け」

肉茎が食いちぎられそうなほど、菊口の締めつけが強いだけに、彩継は何度も、息を吐け、と命じながら、数回の抜き差しをゆっくりと繰り返した。

「瑠璃子はこんなことが好きなヘンタイ女だが、なかなかいい子だ。きょうはこれでやめてやる。次からはもう少し長い間、ケツで咥えられるようになってもらうぞ」

怪我をさせないようにじっくりと肉茎を抜くと、瑠璃子の肩先が震えだした。瑠璃子が本格的に泣き出した。

こんなときの女の泣き顔は可愛い。また血が騒ぎ出す。

「何が哀しい。それとも、嬉しすぎて泣いているのか」

髪を掻き上げてやると、泣き声はいっそう激しくなった。

「やさしくして……オジサマ、やさしくしてよ」

瑠璃子はしがみつくようにして泣いている。

「これ以上、どうやさしくすればいいんだ」

彩継は穏やかな口調で言いながら、瑠璃子の頭を撫でてやった。

「お尻だけはいや。ちゃんと抱いて。アソコに入れてよ」

瑠璃子は彩継のまだそそり立ったままの肉杭を握った。

「欲しいか」

瑠璃子はしゃくりながら頷いた。

まだ先に取っておこうと思っていたが、すでに男を知っている瑠璃子だけに、成り行きから、女壺に押し込んでみたくなった。

コンドームを剝ぎ取った彩継は、肉茎を秘口に沈めていった。

「ああっ……オジサマ」

瑠璃子の口がひらき、白い歯が光った。

2

小夜達が華道教室から戻ってくる前に、瑠璃子は帰っていった。

彩継はじっくりと湯に浸かった。

瑠璃子を抱くつもりはなかった。後ろだけ調教して犯すつもりだった。今後も、後ろにしか手をつけないつもりだった。それが、なぜかその気になり、まともに結合してしまった。瑠璃子はますます彩継に執着するだろう。

これから、瑠璃子とはどんな関係が続いていくのか、彩継は今になって、早まったことをしてしまったと、いつにない自分の判断ミスに舌打ちした。

瑠璃子が小夜とまったく関係のない女なら、まだしもやりやすい。だが、小夜の友人だ。しかも、まだ未成年だ。

今どきの未成年は昔の若者とちがい、性に対して無知なくせに性急で、愛を置き去りにして快楽を求め、自分を商品にして援助交際などという売春を繰り返している者も多いが、瑠璃子は男を知っていたものの、どうやらまだ相手はひとりだけらしいし、援交のような不真面目なものでもなかったようだ。

相手を次々と代える女なら、かえってやりやすいかもしれないが、瑠璃子は、会うたびに彩継に傾倒していくのがわかる。遊びではなく、完全に恋をしている。別れるのに手間取りそうだ。

(面倒にならないといいがな。私としたことが……)

後ろの処女を奪ったときのことを思い出すと快感を覚えるが、まともにセックスしてしまったことを考えると、やはり忌々しくなる。

若い女がいいという男もいるが、どちらかというと彩継には興味がない。こってりと脂の乗った女ほどいい。それも、恥じらいがなければ面白くないが、ときにはとびきり陽気なだけの女を抱くのも楽しい。

(そうだ、郁美《いくみ》に会いに行くか)

ふっと、からりとした南国の空を連想させる女を思い出した。

風呂であたたまって瑠璃子とのセックスの痕跡を残し、何食わぬ顔で緋蝶達を待つつもりだったが、スポーツでもするような感覚で、陽気な性を楽しみたくなった。

久々に郁美に電話した。

「あらあ、生きてたんだ。今、勤めているお店、すごく暇だし、つまらない店なの。来てもらっても退屈させるだけと思うし、これから早退するから外で会わない？」

郁美は相変わらずだ。

「わかった。これからすぐに出る」

電話を切った彩継は、帰りが遅くなるので先に休んでいるようにと書き置きし、スーツを着て、待ち合わせの場所に向かった。

郁美は二十八歳になるが、赤いハーフコートに黒いスカート、赤いブーツで現れ、やけに若々しかった。

カフェで会うなり、開口一番、お腹が空いたと言われ、軽い食事をした。

素顔は美人というわけではないが、化粧すると、眉の描き方から、目元の淡い微妙なシャドーの入れ方など実に巧みで、口元もなかなかセクシーなだけに人目を引く。

化粧上手なうえにスラリとしているので、雑誌のグラビアなどで見かけたことがある女のように錯覚してしまう。

「私ね、今、キャバクラで働いてるんだけど、照明が暗いし、大学生だっていうと、みんな信じるの。男ってバカね」

くふふと笑う郁美は、いかにも男の遊び相手にふさわしい。

「あれから何人の男としたんだ。百人か？　それとも、二百人か？」

「あれからって、ヤーさんと最後に会ってから？」

「ヤーさんはやめろ。何度言ったらわかるんだ」

彩継は不快な口調で言った。

「だって、柳瀬のヤーさんだもん」

「人に聞かれたら、怖いお兄さんとまちがわれるじゃないか」

「怖いお兄さんですって？　もうオジサンだと思うけど。でも、オジサンというのとも何だかちがうのよね。まだまだ精力が漲ってるって感じだし、くたびれたサラリーマンとはぜんぜんパワーがちがうわね。肌の色艶もいいわ」

「パワーはあるさ。郁美を頭に浮かべたら、アソコが元気になって、それで、電話したんだからな」

「やァね、スルために呼んだの？」

「当たり前だ」

郁美とはこんな会話でいい。いちいち紳士ぶって近づく必要はない。ゾクゾクするような駆け引きの面白さは味わえないが、それでも、単刀直入でいいというところが楽だ。ときには駆け引きなしもいい。

「行くぞ」

「コーヒー飲んでから。あんまりお腹いっぱいのときは、頭の血が全部お腹にいっちゃってるから、いやらしいことも考えられないの」

「で、あれから何人としたんだ？　店に出るたびに誘われるだろう？　郁美はセックスが嫌いじゃないから、毎日相手を代えてやってるのかもしれないな。相手が代わると、それぞれのやり方もちがうし、飽きないだろう？」

「残念でした」

郁美は嬉しそうに言った。

「ちゃんとしたパトロンができたから、まじめなの。せいぜい週一しか浮気してないから」

「週一でまじめか。月に四、五人としてるんじゃないか」

「だから、いい男だけ選ぶの。一週間は七日。それなのに、七人じゃなくて、たったひとりを選ぶんだから大変でしょ？」

「私もそのひとりか」

「ふふ、ヤーさんは特別。特別いい男。いつでもＯＫ」

「ヤーさんはやめろ。パトロンはどうする」

「いいの、いいの」

パトロンがどんな男か興味がある。郁美に限らず、それぞれの女についているパトロンのことは、いつも興味が湧く。

こんな女につく物好きなパトロンがいるのかと思うこともあれば、この女を射止めたパトロンはたいした奴だと思うこともある。

何度か使って気に入っているラブホテルに入った。

広くて清潔なところがいい。

「ヤーさんとは半年ぶりかな？　ううん、もっと御無沙汰《ごぶさた》だったわね」

部屋に入るなり、郁美は彩継の前に立ち、まずはズボンのチャックを下ろし、トランクスの前開きから肉茎を出してつかんだ。

「早くおっきくなってよ」

郁美は肉茎を握ったまま、唇を突き出して合わせた。

舌を巧みに動かす、ねばついたキスだ。それだけで、彩継の股間のものがムクムクと漲ってきた。

それを郁美が唇を合わせたまま、片手でしごきはじめた。舌の動きのように、ねっとりとしたしごきだ。

郁美に電話したときから彩継は郁美を抱くことだけを考えていた。焦らすのは、いつも彩継のほうだが、今夜は空腹を訴えた郁美が、悠長に食事の時間をとったりして、彩継を焦らした。

それだけに、いきなり肉茎を手にしてしごきはじめた郁美の行動で、彩継はすぐに、その気になった。

「風呂に入ってきたばかりだ。しゃぶってくれないか」

顔を離すと、郁美はニッと笑った。

「まだダメ。ヤーさんとのキス、大好きだもん。もっとこうしていたい」

郁美は、また唇を合わせた。

彩継はキスをしながら、郁美のスカートをまくり上げていった。

パンティストッキングは邪魔だと思っていたが、さすがに郁美だ。ガーターベルトでストッキングを吊《つ》っているのがわかった。

ショーツの脇から指を入れた。肉のマンジュウを触っても、翳りを剃《そ》っているのか、なぜか、つるりとしている。

すぐにワレメに入り込み、花びらをいじった。

熱い息が郁美の鼻から洩れた。唾液を絡め取る舌の動きが、ふたりとも忙《せわ》しくなった。

郁美の手は肉根の側面全体をしごいた後は、肉笠あたりだけをコリコリと刺激する。彩継は、肉のマメを軽くいじって、花びらの間を下りていき、秘口に指を押し込み、浅い部分でゆっくりと出し入れした。

郁美の喘ぎが大きくなってきた。

「そろそろしゃぶってくれる気になったか？」

上気した郁美を見つめた。

「シックスナインなら……あう……私だって、ちゃんとお店に出る前にシャワー浴びてるんだから」

「よし、決まりだ」

彩継は郁美の服を剝ぎ取って、ショーツも抜き取った。

「何だ……一本残らず剃ったのか。いや、浮気封じに剃られたな」

指先で感じたとおり、肉のマンジュウはつるつるだ。しかし、丸坊主になっているとは思わなかった。

「パトロンが私を疑うから、じゃあ、こうしたら信じてくれるのって、自分で剃っちゃったの。そしたら、信じてくれたわ」

「お人好しのいいパトロンのようだな。オケケがなくてもセックスはできる。な？　大事につかんでおけよ」

彩継は間抜けなパトロンが哀れというより、愉快でおかしかった。

故意にガーターベルトとストッキングを残したまま、彩継は自分の服を脱いだ。

ベッドに横たわった郁美が、脚をひろげてワレメを指でくつろげて誘惑した。

すでに包皮から顔を出している大きな肉のマメが、テラテラとピンク色に輝いている。花びらのあわいの粘膜も、潤みをたたえて彩継を誘っていた。

「うんとナメナメしてよ。ヤーさんのいやらしいオクチ、大好き」

彩継は逆さになって郁美にかぶさり、肉のマンジュウを両手でひらいて顔を近づけた。

店に出る前にシャワーを浴びてきたと言っていたが、それから数時間経っているだけあって、ちょうどいい具合に、ほんのりとメスの匂いがこもっている。オスを奮起させる誘淫剤だ。

彩継が秘所を眺め、匂いを嗅いでいるうちに、郁美は肉茎を咥え込んでいた。そして、早くしてと言わんばかりに、腰を突き出した。

彩継は舌先で二枚の花びらの尾根を辿り、脇の溝もそっと辿り、ソフトに責めていった。

郁美は下からのフェラチオでは自由に頭を動かすことができず、咥え込んだ剛棒を舌で玩んでいる。そのうち、アヌス周辺を指でいじりはじめた。

彩継は、後ろで繋がった瑠璃子との時間を思い出した。郁美は男とのセックスに長《た》けている。そのうちすぼまりに指を入れ、前立腺を刺激してくるかもしれない。

彩継は後ろを責められると気分が悪い。Mの立場になったようで、精神的な不快感がある。郁美は彩継の性格や好みは、よく知っているはずだ。それでもやっているということは、それなりの意図があるはずだ。

彩継は郁美から降りた。

「今夜はしゃぶる気がないようだな。クンニだけせがむつもりか？」

「だって、ヤーさん、久しぶりじゃない。うんとしてほしいの。だって、彼ったら、あんまり元気じゃないから、たまには熱いお肉の棒で内臓がグシャグシャになるほど突いてほしいの」

「郁美のオ××コが壊れるほど突きまくってやるから、うんとサービスしてくれたっていいじゃないか」

「サービスしなくても、もうこんなに大きいじゃない。入れて」

「せっかちになったもんだな。こうか」

正常位でいきなり秘口を貫くと、郁美は豊かな胸を突き上げて首をのけぞらせた。

「やっぱり……いい……ヤーさんのペニス、最高」

郁美はいかにも心地いいという、とろんとした目をして、彩継を見つめた。

「どうして長いこと連絡してくれなかったのよ。いい女ができたんだ」

「娘がな」

彩継は腰を動かしながら唇の端を歪めた。

「ひゃ〜、いつまでも元気なヤーさんの精子が、ついに奥さんの卵に辿り着いたんだ。おめでとう！　おじいちゃんじゃなくて、お父さんになったんだ。ヤーさんに赤ちゃんかァ。子供が二十歳のとき、八十じゃない？」

養女とは思いもつかないらしく、郁美は勝手に子供が生まれたと解釈し、やけにはしゃいでいる。

「私にもいっぱい精液を出してよね。お嬢ちゃんと腹違いの子を産んであげる。そのかわり、養育費はいっぱいちょうだいよ」

郁美は彩継の動きに合わせ、下から腰を突き上げてくる。郁美も相変わらず元気がいい。

「四十八手、全部やるか」

「賛成！」

正常位から郁美を起こし、胸を合わせてキスをしながら腰を揺すり合って抜き差しした。結合が解けないように慎重に郁美を回転させた。今度は、彩継はじっとしていてもいい。

背中を向けて結合している郁美が腰を動かし、彩継に快感をもたらした。

そのまま郁美に両手を着かせ、今度は彩継が後ろから責め立てた。

「んんっ！　気持ちいいっ！　ヤーさんのバック、最高！」

郁美は全身で悦びを表している。

ふたりは結合を解かずに、体位を変化させていった。結合部は熱く滾り、秘所のあたりはびっしょりと濡れている。

秘部の摩擦で、部屋の空気はただれたようにぬるく、いかがわしい匂いが立ちこめていた。

「今、いくつしたかなあ」

いつしか正常位に戻っていた。

「さあ、二十ぐらいか？」

「じゃあ、あと二十八種類」

郁美は自分から体を動かし、体位を変えていった。両膝をゆっくりと曲げていき、彩継の胸に両脚の裏をつけて押した。彩継はシーツに着いている郁美の尻をやや持ち上げ、前後左右に腰を振った。

「くうううっ！　いいっ！　全部に当たる！　いいっ！　いいの！　もうイッちゃう！　くうううっ！」

郁美が法悦を迎えて打ち震えた。波のように規則正しい秘口と肉ヒダの収縮が繰り返され、肉茎を心地よく締めつけた。

じっとそれを楽しんだ後、彩継は胸を押していた郁美の足を肩に持っていき、担いだ。それから、自分の絶頂を極めるために、最後の抜き差しにかかった。

郁美はエクスタシーの後の刺激に、またも大きな波を迎えて、ホテル中に聞こえるのではないかと思えるほど大きな声をあげた。

彩継もやがて果てた。

3

瑠璃子を犯したあと、郁美とも派手に交わってきた彩継は、静まり返っている椿屋敷に戻ると、さすがに激しい疲労を感じた。

夫婦の部屋をそっと覗くと、薄明かりがつき、緋蝶は眠っていた。

零時過ぎても彩継の帰りを待っている緋蝶だが、明け方の四時とあっては、さすがに睡魔に打ち勝つことはできなかったのだろう。

彩継は工房奥の蔵に入った。

半日でふたりの女を相手にしたというのに、小夜に対するもやもやとした思いがつのっている。

瑠璃子も郁美も小夜も異なった花だ。それぞれ味わいがある。だが、小夜はどんな花より特別に輝いている。

手の届くところにいる小夜だけに、日々、思いはつのる。まして、小夜が秘しておきたかっただろう自慰も覗き、すでに秘所も眺め、指と口で触れている。同じ屋根の下にいながら、一年近く犯さずにこられたのが、自分でも奇跡のように思えてくる。

彩継は制作途中の小夜人形を眺めた。

目を閉じている清楚な人形は、ほぼできあがっている。あとは、つるりとしている肉のマンジュウに、小夜の翳りを植え込むだけだ。

自分で創っておきながら、彩継はそこに生きた小夜が横たわって、静かな寝息をたてているような気がした。

「小夜、いよいよだな。月のものもあるようになったおまえを、うちに迎えるとは思わなかった。おまえを養女にできたから、これまでの、どの人形より素晴らしいものを創ることができる。見ろ、おまえそのものだろう？　あとは、おまえ自身の下の毛を抜いて、ここに移せばいい。だれもが双子どころか、それ以上に似た存在だと思うだろう。人に見せられないのが残念だがな」

彩継は肉のマンジュウを撫でた。ほっかりした肉の盛り上がりは最高の出来だ。彩継が魂を込め、命を吹き込み、もうひとりの小夜を誕生させようとしている。あと一歩で誕生だ。個展に向けての人形も、鳴海麗児《なるみれいじ》のものをと卍屋経由で頼まれている人形も、並行して創っている。だが、小夜人形以上のものはない。

人はどの人形を見ても、彩継の腕を褒め称えるだろう。しかし、彩継が人形作家として生きてきたこれまでの人生での最大傑作になるのが、この小夜人形だ。思い入れも大きい。小夜の恥毛の美しい艶やウェーブを思うと、肉マンジュウに植えつけた後、本当に息をしはじめるのかもしれないとまで思ってしまう。

目を閉じて眠っている小夜人形を見ていると、自室で同じように眠っているはずの小夜への思いが、圧縮していた空気が一気に出口を見つけて噴き出すように、どっと溢れ出した。

彩継は蔵の板戸の鍵を閉め、小夜の部屋に向かった。

夫婦の部屋に戻って緋蝶を窺うと、ぐっすりと眠っている。二時か三時まで起きて待っていたのかもしれない。

小夜の部屋の鍵は開いていた。今夜は自分で指を動かさないまま眠ったのだろうか。それとも、すでに慰めて眠りについたのだろうか。

小夜が部屋に鍵をかけることはめったにない。そんなことをすれば、かえって、怪しいことをしていると疑われると意識しているのかもしれない。それとも、彩継や緋蝶への思いやりから、ふたりを拒絶していると思わせないためかもしれない。

鍵をかけているときは、見られたくないことをしているときだ。裏の和室の覗き穴から眺めればすぐにわかる。

そっと足を忍ばせて入り込むと、音をたてないようにドアを閉め、鍵をかけた。

小夜はいつも照明を落として眠っている。暗闇のことはない。静かすぎる椿屋敷で、ひとりで眠るのは不安なのかもしれない。

照明を少しだけ明るくした。

規則正しい寝息だ。今見てきた小夜人形と同じ顔をしている。

ふたりの女を抱いて、まだ半日も経っていないというのに、瑠璃子や郁美に対する欲望とはまったく別の欲望が湧いてくる。

男の欲求は、女を抱けば不満が解消されるわけではない。女がどんな男にでも抱かれれば満足するかというと、決してそうではないように、男も、本当に満足するには、性行為をしたかどうかではなく、気に入っている相手と、どれだけ満足のいく営みをしたかということなのだ。心から愛する相手でなければ、一瞬の満足は得られても、精神的なエクスタシーは続かない。

彩継はまだ男を知らない無垢のままの小夜を眺めるほどに息が荒くなった。ひときわ大きな呼吸をすると、小夜の口を手で塞いだ。

不意に眠りから覚めた小夜が、くぐもった声を洩らし、恐怖の目を見ひらいた。

「私だ。心配しなくていい。用が長引いて、たった今、帰ってきたんだ。急に小夜の顔が見たくなった。だから、起こしてびっくりさせて、大きな声でも出されると、緋蝶が心配すると思って、つい口を塞いでしまったんだ。いい子だ。声を出すなよ」

彩継はそっと手を離した。

小夜の息が乱れている。

「驚かせたようだな」

小夜の小さな唇が細かく震えている。

「悪かった。そんなに驚かせたか。大丈夫だ。すっかり目が覚めたか？　顔を見たら安心した。眠っていい」

彩継はベッドの脇にひざまずき、小夜の頭を撫でた。

小夜が今さらすぐに眠れるはずもない。心臓が止まるほどの恐怖は消えたものの、今度は困惑していた。

「お養母さまが……」

「よく眠っている。狸寝入りでないならな」

「お養父さまがここにいるのを、お養母さまに知られたら困るわ……何て言ったらいいかわからないの……お養父さま、もうお休みになって……朝になるわ」

小夜は彩継に出ていってもらいたかった。

「もうじき小夜の人形が出来上がるんだ。あまりの出来のよさに興奮してるんだ。おまえがここに来た去年の春から創りはじめていたんだ。本当は、今、蔵でそれを見てきた。だから、どうしても小夜の顔を見たくなった」

「私の七五三のときの……？」

「あれはちがう。今のおまえを、そっくりそのまま創ったんだ。緋蝶に言うんじゃないぞ。私と小夜だけの秘密だ」

「今の私……？」

小夜は不思議そうに訊いた。

「そうだ。もうほとんど出来上がった。あとは、小夜に手伝ってもらえば完成だ」

「私が？　無理よ、お養父さま……私、まだお人形なんて創れないわ。そんなによく出来たお人形なら、台無しにしてしまうわ」

何も知らない小夜に、彩継はますます昂ぶった。

「いや、どうしても小夜に手伝ってもらわないと完成しないんだ。だから、緋蝶が留守にしているときに手伝ってもらう。簡単なことだ。手伝ってくれるな？ 去年、庭で椿を見ながら、緋蝶と三人で話したことを覚えているか？ 私が小夜そっくりの人形を創ると言ったら、おまえはとても喜んでいた。おまえを喜ばせたい。手伝ってくれるな？」

著名な人形作家の彩継の手伝いなどできるはずがないと、小夜は困惑した。

「約束してくれないのか？ おまえにしか手伝えないことだ。私がこれまで創った人形の中で、最高のものになる」

「それならなおさら……だって、私に、お養父さまのような立派な人形作家のお仕事のお手伝いなんてできるはずがないわ……いくら私のお人形でも……」

「私ひとりでは出来ない最後の作業があるんだ。どうしてもおまえの手助けがいる」

彩継は、ここでどうしても小夜に約束させておきたかった。わざわざ、こんなことを言わず、緋蝶がいないとき、蔵に連れ込んで自由を奪い、肉マンジュウから翳りを抜き取っていけばいい。しかし、今の交渉も楽しい遊びのひとつだ。

今は何も知らない小夜が、どんな手伝いをしなければならないかを知ったときの驚愕を思うと、それだけで快感が駆け抜けていく。

「手伝ってくれるな？　いやなのか？」

「お手伝いして、お養父さまの気に入りのお人形を壊したくないの……何ヵ月もかけて創ったお人形を、最後の最後に」

「私が最後の仕上げをするのを見守ってくれればいいんだ。小夜が人形に手を出すことはない。それでもだめか？」

「お手伝いなのに、何もしなくていいの……？」

「最後の仕上げを、じっと見守ってくれればいい。手伝ってくれるな？」

小夜がようやく頷いた。

「約束だぞ」

彩継は小指を出した。小夜が戸惑っている。

彩継は布団に手を入れ、小夜の右手を取って小指を絡ませた。

「最高の人形だ。双子のようだぞ。私と小夜だけの人形だ」

彩継は最後の仕上げのことを考え、震えそうなほど興奮した。

「小夜はいい子だ。きれいなままの小夜の魂を人形に吹き込むことができる。素晴らしい人形が出来るぞ。ご褒美に、気持ちよくしてやろう。そしたら、またすぐに眠れる」

「だめ……」

彩継の言葉の意味を察した小夜は、瞬時にたまった唾液を呑み込んで、躰を硬くした。

「もう寝る前に指でいじったのか？　毎日しないと眠れないんだろう？　眠っていたということは、自分の指でしたのか」

小夜は泣きそうな顔をして首を横に振った。

「あれをしないで眠れたのか」

いつものように、自分の指で花びらを揺すって絶頂を極め、それから眠りについただけに、小夜は胸を喘がせた。

「あれが好きだろう？　もう何度もしてやったもんな。いい子だ。じっとしていればいい」

「いや……」

こうなると小夜自身、彩継から逃げられないのはわかっている。

今夜は、瑛介に恥ずかしいことをされている妄想からはじめた。だが、途中で彩継がやってきて、瑛介とそんなことをしていたのかと怒り、瑛介を追い出した。そして、仕置きだと言い、恥ずかしい恰好にくくりつけ、秘芯をいじりはじめた……。

小夜はそんな妄想で法悦のときを迎え、眠りについた。

瑛介に口づけを受けたときから、瑛介との妄想で気をやることもあるが、今も彩継が頻繁に登場する。彩継から受ける恥ずかしい行為が、いつしか甘美な行為になっている。

ときには彩継に、して、と言いたいことさえあった。だが、そんなことは絶対に言えない。心と裏腹に拒むだけだ。拒んでも、最後は彩継の意のままにされる。それがわかっているからこそ、小夜は拒むことで二重の快感を得るようになっていた。

「じゃあ、眠りなさい」

彩継が布団を掛けた。

予想外のことだった。だが、彩継に見つめられていては眠れるはずがない。すでに彩継にされることを予想し、女園がむずついている。

もし、彩継がこのまま出て行ったとしたら、小夜は自分の指でもういちど慰めなければ、眠りにつくことはできないだろう。

彩継のやさしすぎる指の感触を思い出し、小夜は切ない気持ちで待っていた。

(して……して……お養父さま)

小夜は目を閉じていたが、内心、彩継を呼んでいた。

彩継はじっと小夜を観察していた。

小夜が必死で自分を守るような体勢になっていない以上、拒んでいないということだ。彩継を待っているのがわかる。

自分の指で慰めれば、確実にそのときを迎えられるはずだ。だが、他人によって気をやるのは、同じ快感とはいえ、完全に異なるはずだ。

小夜は被虐の女だ。最初こそ全身で拒んでいたが、今では、養父となった男の愛撫を待っている。それがわかるだけに、彩継は幸福だった。小夜はどんな男にも渡せない。

セックスの後の疲労で、帰宅すればすぐに眠くなると思っていたが、小夜を前にしていると頭が冴えてくる。肉茎さえ勃ち上がってくる。

「あと二時間、ゆっくりお休み」

彩継は小夜の頭を撫でた。駆け引きだ。小夜の出方を見たい。

小夜は目を閉じたまま、しばらくじっとしていたが、そのうち、むずがるような動きを見せた。

「眠れないのか」

彩継はニンマリしたいのを堪えて訊いた。

目をあけた小夜が、訴えるような視線を向けた。

「起こしてしまって悪かったな。お休み。眠るまでここにいてやろう」

小夜は目を閉じたが、やはり、しばらくすると、もぞもぞと体を動かした。そして、また目を開けた。

「眠れなくなったのか」

小夜はこっくりと頷いた。

「眠れるまじないをしてやろう」

布団に手を入れた彩継は、ネグリジェに手を忍ばせた。

緊張に、小夜の鼻から荒い息がこぼれた。だが、小夜は拒まなかった。躰は硬くなったが、じっとしている。

ショーツをずり下ろした。胸のあたりの布団が波打った。

もうじきつるつるになる肉のマンジュウを撫でた。柔らかい翳りが掌に心地よい。汗ばんでいるのがわかる。

「いい子だ。脚をひらいてごらん」

小夜は喘ぎながら、少しずつ太腿を広げていった。彩継はゾクゾクした。小夜はこんなにも従順になったのだ。彩継の愛撫を待っている。

肉のマンジュウに指を入れると、じっとりと湿っている。まだ男は知らないが、肉の悦びはわかりはじめている。触れなくても感じる女になりつつある。

快楽は肉で感じるのではなく、まず頭で感じるものだ。頭で感じることができない男や女は、深い肉の悦びは得られない。

花びらをいじり、肉のマメを包んだ包皮に触れると、総身が強ばった。

「いい子だ。いつでも気持ちよくしてやると言っただろう？　じっとしていればいい。自分の指でするより、もっと気持ちよくなれる」

彩継は女園に指を置いたまま、もう一方の手で布団を剝いだ。

小夜が布団を引き上げようとした。

「動くんじゃない。じっとしているんだ。いい子にしてるんだ」

彩継はベッドに上がり、ひらいた太腿の間に躰を入れた。小夜の喘ぎが激しくなった。

「いい子だ。じっとしていればいい。声が出るようなら、シーツを嚙むといい」

肉のマンジュウを両手で大きくくつろげた。照明が少し落としてあるので鮮明ではないが、ぬめっているような女の器官の輝きは見て取れた。

「いい子だ。うんと気持ちよくしてやるからな」

「いや……くっ！」

片方の花びらの尾根を舐めあげると、小夜はビクッと跳ねた。

「可愛い花びらだ。小夜はいい子だ。いい子にはご褒美をあげないとな」

淡いメスの匂いがする。処女の匂いだ。

彩継は舌に全神経を集中させ、デリケートな器官を辿った。すぐに小夜が極めないように、チロッと、ほんの一瞬だけ舐めては離す。

舐めるたびに小夜は、堪えに堪えたくぐもった声を上げ、腰をバウンドさせた。

できるだけ長くもたせたい。彩継は細心の注意を払って間延びした舌戯を続けた。肉のマメには触れないようにした。

だが、数度目に花びらを軽く吸い上げたとき、絶頂の波が小夜を襲った。それがわかったとき、彩継は我慢できず、太腿を押さえ込んで、会陰から肉のマメに向かって、べっとりと舐め上げた。

声を上げた小夜は、最初の波に被さるように、二度目の大きな波に立て続けに襲われ、ベッドを揺るがすように痙攣《けいれん》した。

肉茎を突き刺したい衝動をようやく抑え、彩継は小夜の法悦の顔を眺めた。

第五章　小夜人形

1

家族揃って料亭で懐石でもどうかと誘った卍屋の須賀井に、彩継は、小夜の友達の瑠璃子も来ていると言った。すると須賀井は、みんないっしょにどうだと誘った。しかも、奢りだという。

「卍は儲《もう》かってるんだな。ゴミ同然のものでも、ときには何百万円にもなるんだろう？　商売というのは、いかに詐欺師の素質があるかで、儲けも変わってくる。卍は詐欺の天才だから、大儲けできる」

「先生、それはないでしょう？　小夜ちゃん達に本気にされたら困るじゃないですか」

須賀井は困惑ぎみだ。

「あなた、須賀井さんほどまじめな方はいらっしゃらないじゃありませんか」

緋蝶がとりなした。

「詐欺師はまじめな顔をしているもんだ。いかにも詐欺師という顔をしていたら、人を騙《だま》せやしない。その点、卍はたいしたものだ。本当にまじめに見える」

「先生、勘弁してくださいよ。純粋な小夜ちゃん達がいる席で」

冗談として聞き流せないといった須賀井に、今度は緋蝶もクスリと笑った。

小夜は〈瓢箪〉は初めてではないのでリラックスしていたが、瑠璃子は贅沢な料亭は初めてで、ずらりと出迎えた仲居達を見ただけで、店に入ったときから緊張していた。

「最近、瑠璃子ちゃん、何だか大人っぽくなったわね」

緋蝶の言葉に、瑠璃子が戸惑いを見せた。

「彼氏でもできたんじゃないか？」

彩継がすぐに後を続けた。

「いないわ。絶対に。ねえ？」

小夜は須賀井の向こう側にいる瑠璃子に訊いた。

六人掛けの座卓の上座に彩継と緋蝶が座り、向かいに、須賀井を挟んで小夜と瑠璃子が座っていた。

困った顔をしている瑠璃子に、彼氏ができたの？　と、小夜が驚いたように訊いた。

いつもいっしょに行動することが多い瑠璃子に、小夜は男の影を感じたことはない。かつての恋人のことは聞いているが、今はいないと信じていただけに、はっきり否定しない瑠璃子に興味が湧いた。

彩継は瑠璃子を見ていて危うさを感じた。躰を重ねてしまったのは失敗だったと、あれからずっと考えていた。

後ろだけを開発して楽しむつもりだった。けれど、いちどでも躰を合わせてしまったからには、その事実は決して消えない。瑠璃子は遊びではなく、真剣に彩継を慕っている。

「学校にかっこいい教師でもいるのか。いつも憧れの人がいるのはいいことだ。人生が楽しくなるからな」

「小夜ちゃんも、ますます色っぽくなってきたみたいだな」

須賀井に見つめられ、今度は小夜が困惑の表情を見せた。

「お、彼氏ができたのか？」

須賀井がまじめな顔で訊いた。

「絶対にいないと思う」

瑠璃子が言った。

「ああ、小夜はまだ子供だ。世間のすれた高校生とはちがうんだぞ。卍、妙なことを言うな。

さてと、卍が美味いものをご馳走してくれるはずだが、高校生なら焼き肉やステーキのほうがいいだろう？　今度は最高級のステーキでもご馳走してもらうといい」

彩継は、小夜への注目も、さっさと逸らさなければと思った。

「こんな高級なところは初めてだから、とっても楽しみ。でも、私までいいのかしら。ねえ、骨董屋のオジサン？」

瑠璃子が須賀井に視線を向けた。

「骨董屋のオジサンは勘弁してくれよ。きょうだけじゃなく、また機会があったら、そのときもいっしょに食事しよう。美容と健康のためには、ステーキより和食がいい。酒を呑ませることができないのが残念だけどな。美味い酒をチビチビ呑みながら食べる懐石がいいんだけどな」

「料亭で若い女に挟まれて、卍も幸せだな。小夜も瑠璃ちゃんも、たまには卍に酒を注いでやれよ。たっぷり小遣いをくれるかもしれないぞ」

「あなたったら、小夜ちゃんも瑠璃ちゃんも仲居さんやホステスさんじゃないんですから」

「今から酒の注ぎ方ぐらい覚えておいてもいいじゃないか」

冗談が飛び交い、場の空気がなごやかになった。

仲居が酒と、先付けを運んできた。小さな器に盛られた生湯葉と雲丹《うに》だ。

仲居が出ていった後、

「こーんな大きなのに、いっぱい載ってくるんじゃないんだ」

瑠璃子は両手を広げた。トレーや盆を表現したらしい。

「いっぺんに出てくるのはランチセットでしょ？　懐石って、少しずつ出てくるの」

小夜の言葉に、大人達が笑った。

「私達はこんなにゆっくり楽しんでいるけど、瑛介さんは今ごろ、受験の最後の追い込みで大変なのね。再来週ごろ試験じゃないの？」

緋蝶の言葉に、小夜は酒も呑んでいないのに、頬のあたりが熱くなった。

「小夜のお兄さん、凄くかっこいい人ですってね。私も会いたいな」

「小夜がそんなことを言ったのか」

彩継の言葉に、小夜はますます困惑した。元日の口づけを悟られはしないかと不安だ。

瑛介に会いたい気持ちはあるが、彩継との秘密の時間を持っている後ろめたさに、ふたりきりで会ってはならないのだと、切なく言い聞かせている自分がいる。

いつしか彩継の愛撫を待つようになっているのは否定できない。彩継とそんな時間を持ってはならないのだということぐらいわかっている。彩継は緋蝶の夫だ。緋蝶以外の女が彩継に触れてはならないのだ。それなのに、小夜を娘と信じきっている緋蝶の目を盗み、幾度、彩継から恥ずかしい愛撫を受けただろう。

目の前で物静かに笑みを浮かべている緋蝶を見つめた小夜は、いつものように激しい自責の念に駆られた。ふたりきりで瑛介に会ってはならない。彩継ともふたりきりになってはならない……。

だが、彩継に触れられると、その決意が消えてしまう。今まで、それを繰り返してきた。緋蝶に知られたときのことを思うと、胸が押しつぶされそうになることがある。

「小夜のお兄さんって、スポーツマンタイプで美男子で、うんともてそうですって」

「確かにそうね。明るくて感じのいい人よ」

緋蝶が頷いた。

「受験は大変だ。私も大阪のデパートでの展示会で忙しくなる。初日に顔を出すだけでなく、前日の展示の指示もしないといけないからな」

「先日見せてもらった何体かの人形、ますます迫力が出てきましたね。先生の人形は生きていますよ。恐ろしいくらいだ。今度も絶賛されますよ」

今度の小夜人形の完成を見れば、須賀井はどんなに驚くだろう。だが、小夜人形は須賀井にさえ見せるわけにはいかない。

魂のこもった小夜人形を見れば、目の利く須賀井は、彩継が小夜に、女に対する愛を感じているとと気づくかもしれない。柳瀬彩継の人形だけでなく、鳴海麗児の人形を知っている須賀井は、微妙な彩継の感情さえ察知してしまう危惧がある。

もしも、秘園の翳りでも見られたら、一瞬にして、小夜との関係も知られてしまう。小夜がまだ処女だと言っても信じてはもらえまい。

前菜、吸い物、お造りと続き、やがて松坂牛のステーキが出てきたときは、瑠璃子が歓声を上げた。

「料理長が、お嬢さま達にはお肉もいいかと。きょうはちょうどいいものが入りましたので」

昔から勤めている年増の仲居が笑みを浮かべた。

「お魚もお肉も大好き。美味しそう。こんな美味しいものを食べたこと、ママにはないしょにしておかなくちゃ。羨ましがるから」

瑠璃子の言葉に、仲居が苦笑しながら出ていった。

食事が終わると、須賀井が何か話したそうにしているのを感じとっていた彩継は、タクシーを呼んで女三人を先に屋敷に返し、あとは酒だけでいいと〈瓢簞〉に残った。

ふたりには広すぎる部屋は、打って変わって静まり返った。

「緋蝶に会いたかったか。それとも小夜か」

彩継は須賀井に徳利を近づけた。

「あ……いえ」

杯を差し出しながら、須賀井が言葉を濁した。

「胡蝶がいなくなっても、まだいい女はできないのか。おまえほどの金のある男が、いまだにひとり者では、世間が奇異の目で見るぞ。四十五になったんだろう？」

「歳なんかどうでもいいでしょう？」

須賀井も彩継に酒を注いだ。

「何の話だ」

「私のために創ってもらいたい人形があるんです。忙しいのはわかっていますが」

「胡蝶の次は小夜人形か」

彩継は自分のやっていることを隠し、ふふと笑った。

杯を口元まで持っていった須賀井が、そのまま動きを止めた。

彩継には、それだけで図星とわかった。そうではないかという気がしていただけに、もやもやしていた雲が流れ去ったような思いがした。だが、すっきりした気分にはなれるはずがない。

「小夜ちゃんは昔の胡蝶さんと、そっくりになってきて……そのうち、瓜二つになるんじゃないかと思うほどで……高校生といえば高校生。しかし、着物を来た小夜ちゃんは、やけに大人びて見えるし……」

「着物を着せてくればよかったな。がっかりさせてすまんな」

彩継は自分の心の内は押し隠した。

「同級生だった胡蝶さんの娘に女を感じるとは、いよいよ先生からもヘンタイ呼ばわりされますか……」

須賀井は自分の気持ちを隠すこともなく、自嘲気味に頬をゆるめた。

「小夜は昔からそういう女だった。黙っていても男を惑わすんだ。すべての男をな」

彩継の言葉に須賀井が息を呑んだ。

彩継は須賀井を信用してきた。鳴海麗児の人形の仲介者にしているのもそのためだ。だが、彩継は自分の秘密をすべて洩らすようなことはなかった。秘密は秘密であるだけに価値がある。その価値観のため、もう一体の胡蝶人形や幼い小夜の人形、そして、完成寸前の小夜人形のことは話していない。

「それは、父親になったのに、小夜ちゃんに女を感じることがあるということですか……？」

確かめなければというように、須賀井がゆっくりと訊いた。

「どんなふうに見える」

彩継は須賀井を試すように、ふふと笑いながら尋ね返した。

「まさか……」

「まさかなんだ」

「いや、まさか養女になった小夜ちゃんを女として見るようなことはないでしょう……というか、緋蝶さんもいるし」

「どういうことだ」

「いえ……」

須賀井はごまかすように、杯を傾けた。

「小夜人形、あるぞ。ただし、それは渡せないがな」

意外な彩継の言葉に、須賀井は杯を置いた。

「私だけの秘密の人形だ。七歳の七五三のときの小夜を創った。小夜には最近、初めて見せた。緋蝶も知らない人形だ」

緊張していた須賀井が、とたんに肩の力を抜いて苦笑した。

「七歳の小夜ちゃんですか」

七歳では問題にならないと言っているのがわかる。須賀井に、もうじき完成する小夜人形の秘密を語ろうかと思っていた彩継は、すんでのところで、思い直した。

「なかなか可愛いぞ。卍は七歳の小夜じゃ、いやか。今の小夜を創れと言っているのか」

わざと茶化した。

「いくらなんでも七歳じゃ……先生の養女になってから、以前にはない色っぽさが出てきたようで、去年の夏、着物姿でここに来た小夜ちゃんを見たときは、背筋が冷たくなるほどで、ともかく驚きましたよ。高校生の女がこれほど色気があるものかと。色気だけじゃない、不思議な妖しさがあって、どうしてこんなに変わったのかと驚くばかりでした。よく考えてみたら、着物のせいかもしれないとも思いました。先生の着物選びの感覚は並じゃないですからね」

「女は着るものだけじゃなく、化粧でも変わる。男でも変わる」

「いや、あのときはそう思いました。だけど、それだけじゃない。きょうの小夜ちゃんは着物じゃなかったが、やっぱり以前とちがう気がしました」

「小夜はまだ男も知らないはずだ。どうちがうというんだ」

須賀井は綷蝶などより敏感に小夜の変化を感じているかもしれない。それならと、彩継は、手を出していないのを証明するような言葉を選んだ。

「小夜ちゃんは妖しい……妖しすぎる……友達もいっしょだったが、あの子は躰も大きく、小夜ちゃんより大人びて見えるものの、小夜ちゃんのような妖しさはない。小夜ちゃんが、たとえ処女だとしても」

「断じて処女だ」

彩継はすぐさま言葉を挟んだ。

「処女でも……すでに色気がある。それも、ただの色気とはちがう。誰も持ちあわせていないような異質の輝きを持ってる……さっきの先生の言葉のように、男はみんな惹きつけられますよ……きっと」

須賀井は自分の言葉に頷いた。

「胡蝶のこともそんなふうに言ってなかったか。胡蝶が亡くなって、次は胡蝶の血が半分流れている小夜に心が移ったか。そうだな、胡蝶の血が半分流れているからには、外見も雰気も胡蝶に似てくるはずだ。卍が胡蝶のときと同じことを言っても不思議はないが」

彩継は須賀井の言葉を、あえて軽く受け流して見せた。だが、男はみんな小夜に惹きつけられるという言葉には冷静でいられない。彩継もそれがわかっている。だからこそ、瑛介を近づけてはならないのだ。

「創ってもらえないだろうか……小夜ちゃんの父親になった人に頼むのが非常識というのはわかっていながら、胡蝶さんが亡くなって生きる意欲がなくなっていたところに、小夜ちゃんのあの姿……また力が湧いてきたんです」

「おいおい、まだ健康で金もある四十五歳の男が、生きる意欲がなくなっていたところにとはなんだ。女はいくらでもいるぞ。もっと大人の女に目を向けろ。もうじき大阪で私の個展だ。いっしょに行こう。そして、あっちでいい女を見つけて、派手に遊ぼうじゃないか。真剣な恋も必要だが、たまには遊びも必要だ。溜まった性欲をとことん処理すれば、少しは考えも変わるかもしれないぞ」

彩継は徳利を差し出した。

「他の女には興味がないんです。だけど、これでも男です。たまには、適当に金を使って遊んでますよ。だけど、虚しいだけで」

「胡蝶は他の男の妻で、キスもしないまま終わった。それでよかったのか。小夜は、今は私の娘だ。来月の誕生日がきて、やっと十六だ。そんな子供に興味を持ってどうする」

「そう思おうとしても、これればかりはどうにもならない。どうにもならないという気持ち、わかってもらえるでしょう？　胡蝶さんに手を出さなかったように、小夜ちゃんにも強引に手を出したりしないのは約束できますよ」

須賀井の言葉の裏を返せば、合意があれば手を出すということだ。須賀井は歳の差を意識しているものの、小夜との恋に一縷《いちる》の望みを抱いているのかもしれない。かなわぬこととわかっていても、それが希望になって生きる力が増すということか。

（だめだ。いくらおまえでも小夜は渡せない）

彩継はそう思った。

「すぐには無理だとわかっています。だけど、人形を創ってもらえるということになれば、出来上がる日が楽しみになります。等身大。金はいくらでも出します。私には、それだけの価値があるんです」

「一億。そう言ったらどうする」

彩継は笑いながら尋ねた。

「一億とは高すぎますね。だけど、二千万や三千万なら出してもいい。そっくりに創ってくれたら……だけど、それは無理ですね。父親である先生にこんなことを言っていいかどうかわからないが、アソコの毛まで小夜ちゃんのものを使ったりするわけにはいかないでしょうし、第一、娘のアソコを父親が見られるはずもない。そっくりそのままとはいかないでしょうが、それでもかまいません。先生ならうまく創ってくれるでしょうから」

須賀井が何も悟っていないのがわかった。探りを入れるつもりで言っているとも思えない。

「そのうちな。年内は無理だぞ。来年中にも出来るかどうかもわからない。私は一点ものしか創らないし、並行して創っても、せいぜい年に二十体だ。それさえきつい。流れ作業はいやだし、鳴海麗児のものも注文は溜まる一方だ」

「ええ、わかってます。創ってくれると確約してくれたら、それだけで安心できます」

須賀井は杯の酒をグッと空けた。

須賀井に完成寸前の小夜人形のことを秘密にしたまま、彩継は帰途についた。

2

二月に入ると、寒さがいちだんと増した。一年で最も寒い季節だ。

緋蝶は朝早くから出かけた。夜遅くしか帰宅しない。

祝日で小夜も休みだ。

きょうしかないと、彩継は、緋蝶の外出予定を聞いたときから、小夜人形完成の日をこの日と決めていた。

小夜は先週、十六歳になった。十五歳というと、まだまだ子供のようだが、十六歳となると女は結婚もできる。大人の仲間入りをした処女というのはなかなかそそる。

小夜には先月、話しておいたように、最後の仕上げを手伝ってほしいので、時間を空けておくようにと言っておいた。外出させず、瑠璃子を呼んだりしないようにだ。

「最後の仕上げをする前には、躰を清めることにしている。魂の入った人形を創るんだからな。小夜にも手伝ってもらうんだから、風呂に入っておいで」

たじろいだ小夜の目に、疑いの色が滲んでいる。

「私は小夜がまだ眠っているときに風呂に入った。早朝の風呂は気持ちがよかった。さっと入っておいで。着替えは置いてある」

「でも……」

「月のものではあるまい？　まだ十日ほど先のはずだ」

小夜は彩継が次の生理の日を、それほど誤差なく知っているのに驚くと同時に、羞恥がこみ上げてきた。どうして知っているのか訊きたかったが、口にすることはできなかった。

去年、蔵の中でオナニーを命じられ、その最中に、予定より二、三日早くその日がやってきてしまったが、彩継はそれから毎月、いつが生理日か計算していたのかもしれない。

「風呂だ。それからしか手伝ってもらえない。一気に完成させたいんだ。緋蝶にはないしょの人形だから、急いでほしい。工房にいるぞ」

彩継が背を向けた。

彩継は新品の作務衣を来ている。歩いていく彩継の後ろ姿を見ていると、いつもとちがう緊張した空気に包まれているようにも見える。

また恥ずかしいことをされるのかもしれないと思っていたが、人形作家として仕事に向かうときの、凛《りん》とした姿勢を保っているように見える。神聖な仕事には、躰を清める儀式が必要なのかもしれないと思うようになった。

小夜は浴室へ向かった。

脱衣場に真っ白い絹の長襦袢が置いてあった。椿の地模様が浮き上がっている。あまりの白さに動悸がした。

湯船にたっぷりと湯が入っている。しかも、ちょうどいい湯加減だ。

彩継は早朝、風呂に入ったと言った。そのままにしていたのなら、とうに冷めているはずだ。彩継が小夜のために、つい今し方、わざわざ湯を溜めたのがわかった。いっそう儀式的な雰囲気が昂まってきた。

小夜はよけいなことを考えた自分が恥ずかしかった。彩継は著名な人形作家として、これから大事な仕上げにかかるのだ。しかし、いつしか緋蝶への罪の意識を感じながら、彩継の指を待つようになっているだけに、仕事のためだけに蔵に呼ばれるのは、もの足りなかった。

躰を洗って湯に浸《つ》かった。

翳りが揺れた。瑠璃子より薄い翳りだ。それを何度も彩継に見られているのだと思うと、切なくなる。なぜ切なくなるのかわからない。

愛を告白した瑛介のことも脳裏を占めている。彩継への思いと瑛介への思いがせめぎあっている。

彩継は養父だという現実に、たとえ躰を重ねなくても、触れられてはならないのだとわかっている。だが、彩継に半ば強引に、あるいは暗示にかけられたように触れられてしまう。それを拒んでいない自分がいる。それどころか、いつしか待っている。

しかし、瑛介のことも愛しい。瑛介からの口づけが、毎日のように甦る。好きだと言われた言葉が、繰り返し聞こえてくる。

（だめよ……瑛介さんは私の父の息子になったんだもの。私はここの娘になったけど、今の瑛介さんの父親が私の実の父ということに変わりはないの。兄妹なのに、あんなことなんかしちゃいけなかったのに……）

ひととき瑛介のことも脳裏に浮かべた小夜は、思い直して風呂から出た。

ショーツを穿き、ブラジャーもつけた。

用意してある眩しいほど白い長襦袢に袖を通すとき、予期できないこれからの時間に、また不安が掠めた。

父となった男が娘を犯すとは思えない。だが、怖い。ひそかに彩継の指を待つようになってしまったが、躰の関係は持ちたくない。緋蝶を裏切るだけでなく、養女に出した実の父までも裏切ることになる。

それに、彩継の勃起したものを見てしまったが、あんなに太いものが、タンポンも入らない小さな秘口に入るはずがない。自分のそこは人より小さいのか、彩継の物が大きすぎるのかわからない。瑠璃子が持ってきたいかがわしい雑誌で男女の絡みを見てしまったが、それでも、まだ行為自体も、男女の器官のことも、よくわからない。彩継が営みを望んでも、不可能な気がしてならなかった。

手前の工房が開いている。そこで彩継は身長三十センチほどの制作中の人形を眺めていた。近づくと、角の生えた女の子のようだ。

「羽根が生えてないから天使じゃないでしょう？　これ、角よね……でも、鬼という怖い感じもしないし」

「妖精だ。こんな妖精がいてもいいだろう？　これは小夜の玩具だ」

「私に作ってくれたの？」

「おまえにじゃなく、人形の小夜にな」

「お人形にも、お人形を作ってあげるの？」

「小夜人形が蔵で退屈しないようにな」

「蔵にはお母さまがいるわ……」

今も、生きていたのかと勘違いするほど上手くできた胡蝶人形を見るたびに動悸がする。何度見ても、胡蝶人形は息をしているのではないかと思えてしまう。そのたびに小夜は、鼻先に手を持っていって呼吸を確かめた。そうやってはじめて、やはり人形だと、軽い落胆を覚えた。

「さあ、最後の手伝いをしてもらうぞ。約束してくれたからな」

彩継は平静を装っていたが、真っ白い長襦袢を羽織った小夜がやってきたときから、その無垢すぎる姿に冷静ではいられなかった。単に処女というだけでなく、神々しい。そして、それとは矛盾するようだが、女としての淫らな部分も隠し持っている。まだ表に出ないその淫らの根元が、彩継を刺激する。表に出たものは価値がない。隠れているものに価値がある。

「本当に私にお手伝いなんかできるのかしら……私にそっくりなの？　お母さまのお人形のように」

どんな手伝いか、何が出来るのか、小夜にはまったく見当がつかなかった。

「見ればわかる」

彩継の鼓動が速まった。

彩継は工房の入口に鍵をかけた。蔵に入ると、板戸の鍵もかけた。

「その長襦袢、いいだろう?」

「ぴったり……私に作ってくれたの?」

「ああ。この日のために、緋蝶にもないしょで頼んでおいた。それから、長襦袢の下のものは、全部取るんだ」

小夜がたじろいだ。

彩継は小夜に触れる前から、よけいな下着をつけているのがわかっていた。長襦袢だけのすっきりした線ではない。

「着物を着るときは、下に何もつけるなと言っておいたはずだ。ショーツだけじゃなく、ブラジャーまでつけてるな？　せっかくの長襦袢が可哀想だと思わないか？　神聖な仕事の仕上げだというのに、そんなものはつけてはいけない。いや、これから着物を着るときはいつもだ。何度も言ってきたはずだ」

小夜はうなだれた。

「いいな、そんなもの、二度とつけるんじゃない。さあ、よけいなものは取るんだ」

小夜は彩継に背を向け、白い博多織の伊達締めを解いた。そして、長襦袢を着たまま背中のホックを外し、長襦袢の袖を片方ずつ腕から抜いて、ブラジャーも片方ずつ外していった。

それから、ショーツを脱いだ。

とうにすべてを見られているというのに、隠しながら下着を脱いでいく小夜の後ろ姿を、彩継は好ましく思った。しかし、じきに、隠しているわけにはいかなくなる。

小夜は脱いだ物を見られないように丸めるようにしたが、家の中ということもあり、ハンカチの用意もしていないようで、覆う物もなく、置く場所に困っている。どうするかと眺めていると、大きな絵皿の入っている桐箱の陰に隠した。

「私のお人形、見せて」

伊達締めを締め直した小夜が可憐な口をひらいた。

いよいよかと、さらに彩継の血が騒いだ。だが、仕事になれば、狂いは許されない。小夜に対する気持ちの昂ぶりはあっても、仕事への沈着さを失うわけにはいかない。

ベッド代わりの大きな長持ちがふたつ並んでいる。その一方に、山梔子色《くちなしいろ》の着物が被せてある。凹凸の具合からして、人形とわかる。

「それ……？」

「ああ。見てごらん」

彩継は被せてあった着物を剝いだ。

その瞬間、小夜は、あっと息を呑んだ。

口を半びらきにしたまま、目を丸くして、人形に見入った。

小夜人形は目を閉じている。安らかに眠っているようだ。着物がきっちりと着せてある。

濃紫地の雲取りで、雲取りの中には、目に鮮やかな花々が咲き乱れている。豪華すぎる振袖だ。

見たこともない生地は、この蔵の桐簞笥に大事にしまわれていたものだろう。小夜には生地のできた年代などわかるはずもないが、高価なものだということは一目でわかった。

しかし、豪華な衣装に驚く以上に、眠っている人形が、自分そのものと言っていいほど似かよっていることに動揺した。

胡蝶人形を見せられたとき、母が生きていたのではないかと、一瞬、勘違いするほどだったが、目の前の人形も、静かに寝息を立てているようだ。

「どうだ、双子のようだろう?」

そんな言葉を聞くと、もしや、自分には同時に生まれた姉妹がいたのではないかと思ってしまう。その姉妹がここにいるのだ。

椿を描いた萌葱色の友禅を着せられた胡蝶人形を初めて見せられたとき、思わず駆け寄り、肩を揺すった。胡蝶は生きていたのだと思ってしまうほど、よくできた人形だった。胡蝶よりひとまわり小さいのに気づき、ハッとしたが、頬や唇に触れずにはいられなかった。

そのときと同じように、目の前のもうひとりの自分が命を持っていると錯覚しそうだ。

「どうだ、気に入ってくれたか？　去年の春、庭で緋蝶と三人で残り少なくなった椿を見ながら話したことがあったな。緋蝶は小夜に古代紫の加賀友禅を着せて嬉しがっていた。とてもよく似合っていた。だから、着物も紫の生地を選んだ。髪も、あのときと同じにダウンへアにした。本当は髪も、おまえのものを使いたかった。だが、長い髪をいきなり切れと言うのは忍びないからな」

小夜は人形の鼻の近くに、そっと手を持っていった。息をしているような気がして、確かめずにはいられなかった。

「着物はいくらでも作ってやる。髪飾りもときどき替えてやる」

彩継はこれまでの最高傑作だと自負していた。卍屋の須賀井に見せれば、どんなに仰天するだろう。小夜人形を創ってくれと頼んだほどだ。これを見れば、いくらでも金を出すので譲ってくれと言うだろう。

「私みたい……変な気がする……私はここにいるのに、もうひとりの私がいるなんて……生きてるみたい……私がふたつになったみたい。コピーしたみたい。クローン人間って、こんな感じになるの？」

小夜は人形から目を離さずにこたえた。

「そうか、そうか、小夜がそんなに似ていると言ってくれたからには大成功だ。しかし、まだ完成していない」

いよいよだと、彩継は大きく息を吸い込んで吐いた。

「ちゃんとできてるわ……」

小夜には完全すぎるほどに見えた。

「いや、とても大切なところが、まだ仕上がってないんだ。そこは、どうしても小夜に手伝ってもらわないと完成しない」

小夜は小首をかしげた。

「この人形は私がこれまで手がけた物の中でも最高のものだ。だが、誰にも見せるわけにはいかない。私と小夜の秘密だ」

「お養母さまにも……？」

「ああ」

「どうして……？　こんなによくできてるのに。お養母さまにも見せてあげたいわ」

「見せるわけにはいかない。完成すればなおさら」

完成が近づくほど、ますます血が滾ってくる。今のこの時間も、彩継にとっては至福のときだ。何も知らない小夜を徐々に追い詰めていく嗜虐の時は快感そのものだ。

「小夜、これから一気に仕上げにかかる。だから、神聖な儀式からはじめなければならない。こっちの長持ちに横になってごらん」

「……いや」

異様な空気を感じた小夜は、首を振り立てながら後ずさった。

「どうしていやだと言うんだ？」

すんなり横になられるより、こうして何かに怯え、いったんは拒絶されるほうが血が騒ぐ。怯えた仔兎《こうさぎ》は眺めているだけで楽しい。

「おいで」

「いや……」

「手伝ってくれると約束したはずだ」

「もうできてる……ちゃんとできてるわ」

小夜は何を感じているのだろう。彩継は、小夜の心を覗き込んでみたかった。

「まだだと言っただろう？　創っている私がそう言ってるんだ。小夜と同じ魂を吹き込まないことには、まだ人形のままだ」

「私、お養父さまの子供なの……娘なの……」

小夜は何か勘違いしている。強引に犯されるとでも思っているのかもしれない。この場の雰囲気から、それは当然かもしれない。彩継は唇をゆるめた。

「小夜は私の娘だ。当たり前のことを、どうして今さら言うんだ」

「だから……」

「だから何だ。娘が大切だから、ときどき変な虫でもついていないかと心配になって、大切なところを調べているんじゃないか。まだおまえが男を知るには早すぎる。だが、いかがわしい雑誌を見ているのも知っている。自分で毎日のようにアソコをいじっているのも知っている」

「言わないで！」

小夜が全身でイヤイヤをした。

「だから、私は心配のあまり、おまえの処女をこの目で確かめて、おまえが汚れていないことがわかると、いい子でいてくれた褒美に、いい気持ちにさせてやっているんじゃないか。おかしな奴に気を許したりしないように。処女を守るように」

「おつき合いしてる人なんて誰もいないし、私は、ずっと今のままよ……」

「それならいい。グズグズ言わずに横になるんだ。今から儀式をはじめる」

「何をするの……？　ね、何をするの……？」

「この人形を完成させる。それだけだ」

小夜は尋常ではない雰囲気を感じ取っている。イヤイヤをしながら、さらに後ずさっていく。

「それならやめにしようとは言えないんだ。おまえは私を手伝うと約束した。それに、きょう、この人形は完成させる。創りはじめた日から、待ちに待っていた最良の日だ」

彩継の嗜虐の血が一気に沸騰した。

自分だけで楽しんでいた駆け引きをやめ、小夜に近づいた。

「いや、いや！　いやあ！」

恐怖のあまり、小夜は喉が裂けるような声をほとばしらせた。

苦痛や恐怖に歪んだ女の顔は美しい。笑っている顔より何倍も魅力的だ。オスの欲望に火をつけ、いっそう男を獣にしていく。

「何を怖がることがある。おまえの養父《ちち》としてではなく、人形作家の柳瀬彩継として、これまでの最高傑作になるだろう人形を、やっと完成させられると期待に胸を弾ませているのに、なぜ、いっしょに喜んでくれない。そんな不安な顔をする」

蔵の隅に追いつめた小夜の手をつかんで引っ張った。

「いやあ！」

小夜の悲鳴は、股間のものを完全に勃ち上がらせた。

脚を突っ張って逆らう小夜を、簡単に引き寄せた。

「いやいやいや！」

「まさか、犯されるとでも思っているんじゃないのか？　そんなことをするはずがない。私はおまえの養父だからな。おまえに分けてもらいたいものがあるだけだ」

恐怖の目を見ひらいた小夜は、恐ろしいほどに息を弾ませている。

「それがおまえに手伝ってもらうことだ。おまえにしか分けてもらうことができない。おとなしくしてくれないようだから、おまえが動かないようにくくることになるが、怖がらなくていい。出来上がった人形はおまえそのものになるんだからな」

くくられると知った小夜は、ますます抵抗の力を強めた。

駆け引きは終わりだと思ったものの、くくりつけるのは簡単でも、小夜の怯えに快感を覚え、ついつい作業の時間までを引き延ばしてしまう。しかし、今度こそ、このお遊びの時間も最後だ。

皮膚を傷つけないように、用意しておいたタオルを小夜の手首にまわし、その上から綿ロープでいましめた。

「いやいやいや！　解いて！　お養父さま！　いやあ！」

なぜそんなにも心地よい抵抗をし、そそる声を出すのだと、彩継は小夜に言いたかった。

愛しくてならない。養女として娘になったことを喜んでいたのに、今では、なぜ娘なのだと、口惜しい。赤の他人なら、誰にも触れさせないようにして、愛人として囲っておくこともできる。法律的には小夜と親子でも、彩継にとっては女でしかない。それも極上の女だけに、現実が恨めしい。

長持ちに載せた小夜の頭に背を向けて、彩継は太腿に軽く尻を載せて押さえ込んだ。足首に縄をかけるときも、皮膚を傷つけないように、タオルを巻いた。足首は別々にしていましめ、九十度以上に大きくひらいて、長持ちの脇に取り付けたフックに固定した。最後に、ひとつにした両手首の余ったロープを伸ばし、その縄尻を蔵の壁に固定した。丈夫な鉤《かぎ》が取りつけてある。緋蝶とのプレイを楽しむために、蔵にはさほど目立たないが、様々な工夫が凝らしてあった。

小夜はとうとう人の字になって動けなくなった。それでも細い肩先を動かし、脚を引っ張り、諦めようとしない。それが、いっそう彩継の獣欲をそそった。

脚をひらいて拘束されたことによって、白く輝く長襦袢の裾は割れ、下半身があらわになっている。無垢な女が神の生《い》け贄《にえ》にされているようだ。いかにも儀式にふさわしい。

「お養父さま、許して。解いて。いや。いや」

いつまでも小夜は彩継の股間を刺激する。

「手伝うと約束してくれたと思ったのに、いまさらいやだというから、こうするしかないじゃないか。そうだろう？」

彩継は拘束を正当化するわけを口にした。それから、きっちりと着付けていた小夜人形の着物を脱がせていった。

着物の下には長襦袢もつけている。小夜に着せた物と同じ絹地で作られ、椿の地紋が浮き上がっている。

「小夜、この人形、おまえとちがうところがあるだろう？」

裸に剝いた人形を小夜の傍らに連れて行き、つるりとした下腹部を見せた。

「七五三のとき、むろん、小夜にはまだここの毛など生えていなかった。だけど、今は立派に生えている。だから、それがないうちは、この人形は完成ではないんだ。だから、おまえのそこの毛を抜いて、人形に植えつけなければならない。それが仕上がりだ」

「いやあ！」

心地よすぎる絶叫だ。彩継は射精しそうになった。

「また毛は生えてくる。今は見せる男もいない。何も困ることはないだろう？　最初は痛いかもしれないが、すぐに慣れてくる。いや、毛を抜くときの痛みが、心地よい快感になってくるかもしれない」

「しないで！　しないで！　いやあ！」

鈴口からカウパー氏腺液が溢れてくる。男を知らなくても、小夜は完全に女だ。オスをそそる雰囲気を完璧に備えている。卍屋の須賀井がそそられるのもよくわかる。

「小夜は最後の仕上げを手伝うと約束してくれたんだ。約束してくれなかったのなら仕方ないが、約束した以上、約束は果たしてもらう」

彩継は人形を長持ちに横たえ、小夜の翳りを人形に植えつけるために、道具を用意した。

毛抜きで抜いて、一本一本に特殊な接着剤をつけて植えていくだけだが、髪の毛とちがい、恥毛は場所によって生え方も縮れも微妙にちがい、抜くのは簡単でも、形よく植えつけていくのは至難の業だ。

毛根を人形に置いた瞬間、毛先の向きが、望む方向とはちがう方に、くるりと向きを変える。それを彩継は思いのままに植えていく。最初はさんざん失敗したが、今では神業に近い。こんなことができるのは自分以外にいないだろうとまで思っていた。

「小夜の下の毛はとてもきれいだ。隠しておくのがもったいないほどだ。腋《わき》の毛は剃っているのか、抜いているのか？　大人になったら、下の毛を抜いて遊ぶこともあるんだぞ。男と女の遊びは、小夜が知らないことばかりだろうな。いつものように、いい子にしているんだ。いい子にしていてくれたら、くくったりしなくていいんだ」

「お養父さま、しないで……しないで、お願い」

小夜は逃げることが出来ないのを悟っている。それでも、なお哀願するのがいじらしい。

そのいじらしさが嗜虐の血をどこまでも滾らせる。

彩継は翳りを抜きはじめる前に、懐を割って左右にひらいた。

「あ……いや」

小夜の目が哀れな光を宿している。

「乳房もほとんど同じ形にできた。乳首の初々しい桃色も同じだ。本当によくできた人形だ」

彩継は人形と小夜のふくらみを見比べた。それから、小夜のふくらみを両掌で包んだ。心臓がドクドクと音をたてているのが、掌に伝わってくる。

「いい子だ。怖がらなくていい」

乳房を軽く揉みしだいた。

「あう……いや」

訴えるような視線がいい。養女でなければ、とうに犯しているところだ。人形作家として、愛情をそのまま人形に吹き込んでいる。ただの勤め人なら、一年近くも小夜を無垢のままにしておけたかどうか自信はない。

「きれいな乳房だ。小夜は誰よりきれいだ。私は芸術家としてきれいなものを創る義務がある。だから、小夜人形を創らなければならない。わかるな？」

指先で顎を撫で、首筋を撫で、ふたたび乳房の丸みを確かめて、下腹部へと下りていった。邪魔な伊達締めを解くと、隠れていた可愛い臍も姿を現した。

「いや……」

小夜は泣きそうな顔で言った。

臍のあたりを指で滑ったとき、小夜は身をくねらせた。

彩継は翳りを撫でまわした。柔らかさといい、漆黒の艶といい、やさしい縮れ具合といい、これほど美しい翳りは見たことがない。極上だと思っていた緋蝶の翳りさえ小夜のものにはかなわない。

「始めるからな」

「しないで……いや……しないで」

もはや小夜の言葉には諦めしかない。

彩継は緋蝶をこうして拘束し、何度も他の人形を完成させてきた。緋蝶の毛を抜くときも興奮し、出来上がるたびに激しく躰を求めずにはいられなかった。小夜の躰を求めるわけにはいかないが、昂ぶりは緋蝶の毛を抜くとき以上だ。

櫛《くし》で梳《す》くように、翳りを下に向かって指で撫でつけた。息を整え、精神を集中させた。最高傑作と自負していることもあり、ここでしくじるわけにはいかない。

小夜の恥毛は濃くはなく、肉のマンジュウの下地も見える。それに、会陰近くには生えていない。それでも、肉のマンジュウの毛は数えれば相当数になるはずだ。人形は小夜よりやや小振りなので、わずかに翳りは余る。それも、後で抜いてしまわねばならない。

特別誂《あつら》えの毛抜きを手に、最初の一本を抜いた。

「痛っ！」

小夜の皮膚が粟立った。

「おまえにそっくりの人形ができるんだ。それだけ考えていろ」

彩継はそれから、めったにしゃべらなかった。ひたすら毛を抜き、人形の肉のマンジュウや恥丘に植え込んでいった。

「嫌い……お養父さまなんか嫌い……痛い……嫌い」

しんと静まり返った蔵の空気が気になるのか、小夜がひとりで口をひらく。

「嫌い……大嫌い……お養父さまなんか……大嫌い……痛い」

心地よい小夜の声に昂ぶるものの、その気持ちを抑え、彩継は鋭い視線で小夜の翳りに目をやり、次の一本を見分け、抜き取り、人形の皮膚に植えつけていった。

「小夜は……お養父さまなんか……あう……大嫌い……世界一嫌い……もう大嫌い……嫌いになったんだから……あう……痛くて死んじゃうから……嫌い」

今すぐ小夜に躰を重ね、犯してしまいたくなる。だが、手元を狂わせるわけにはいかない。彩継は一心に翳りを移し替えていった。

「ばか……お養父さまのばか……小夜にこんなことして……嫌い……そんなお人形さんなんか……壊してしまうから……痛い……お養父さまの創る、お人形さんなんか嫌い」

小夜の言葉は、天上からの天使の声のようだ。彩継の仕事を励ましている。嫌いと言われようとばかと言われようと、すべてが心地いい。

一時間ほど仕事を続けた彩継は、小夜の手先や足指の体温が失われていないか、鬱血《うっけつ》していないかと、立ち上がって観察した。長時間くくっておくと血流が滞って危険だ。躰を観察する時間を徐々に狭めながら、せっせと恥毛を抜いては植えつけていった。

「お養父さま……解いて……ねえ、解いて……あう……痛い……もう抜かせてあげない……嫌い」

躰を動かさなかった小夜が、腰をくねらせた。

「動くな」

「もういや。解いて……いや」

小夜は動きを止めなかった。

「もう少しで仕上がるんだ。動くな」

「もういや」

小夜は全身を動かしはじめた。

「そうか、忘れていた。トイレか」

ふふと笑うと、小夜の動きが止まった。

「トイレだな？」

恥ずかしくて口にできなかったのか、小夜はそっと頷いた。

「このまま、ここでしてごらん。もう少しで終わるんだ。今は解けない」

彩継は小夜を拘束したまま用を足させることを選んで、心が躍った。だが、小夜は動揺して四肢を引っ張って抵抗しはじめた。

「小夜の物は何もかもきれいだ。オシッコもな。呑んでやるから、少しずつ出すんだ」

「いや！　嫌い！　解いて！」

小夜は最初に拘束されたときのように絶叫した。

「解けない。少しずつ出すんだ。私がそこに口をつける。一度に出されても飲めないからな」

「嫌い嫌い嫌い！　いやっ！」

「じゃあ、このまま洩らすか？　もったいないが、それでもいい。洩らすのは初めてじゃないしな。あれはいつだった？　あのときは、気持ちよすぎて洩らしたんだったな」

彩継はバスタオルを股間に当てた。

「さあ、しろ。膀胱《ぼうこう》が破裂しない前に」

焦る小夜とは裏腹に、彩継はゆったりと笑みを浮かべながら、小夜の顔を見つめた。

「いや。いや。絶対にいや……」

小夜は腰をもじつかせた。

どれだけもつだろう。三十分か一時間か。根比べは好きだ。自分が勝つのはわかっている。

しかし、緋蝶が戻ってくる前までに、仕事を終わらせなければならない。帰宅する直前ではまずい。ゆとりを持って小夜を解放したい。三十分待っても我慢し続けるなら、別の手がある。

「いつまでも待ってやるからな」

彩継は股間をバスタオルで押さえたまま言った。

八割方、翳りが消えている。幼い者のように、つるりとしている。だが、毛穴が赤くなっているのが痛々しい。その景色が彩継を興奮させた。

小夜はなかなか緊張をゆるめなかった。必死で排尿を抑えている。やがて三十分が過ぎた。

「小夜、オシッコがしたかったんじゃないのか？　したいのに出ないのは病気かもしれないな。膀胱炎にでもなるとまずい。出ないなら出してやる。待っていろ。私が手を離した隙に洩らしたら仕置きだぞ」

彩継が何を企《たくら》んでいるのか、小夜に不安が掠めた。我慢も限界だ。汗が滲んでいる。今すぐにも力を抜き、すっきりしたい。だが、こんな姿のまま排泄することはできない。

彩継は導尿カテーテルを出した。緋蝶とのプレイで使うものは何でも揃っている。

洗面器とカテーテルと、聖水口を拭《ぬぐ》う消毒綿を運んだ。

「これは何かわかるか？　これをオシッコの出る穴に入れると、管を伝ってオシッコが出て来るんだ。じっとしていてもな」

「いやあ！」

「さあ、どうする？　これを入れないと出ないか、それとも、私の口に出すか？　バスタオルにするのはやめだ」

「お養父さまのばかあ！」

拳を握り締めている小夜は全身を動かした。

「怪我をしたくなかったら動くな」

最後の仕上げまでもう一息というとき、いつになく彩継は仕事を中断し、ひとときの辱めを開始した。

消毒綿でピンクのゼリーのような聖水口を拭うと、小夜の胸が大きく波打った。

「怪我をしたら泌尿器科行きだ。知り合いの医者にすぐに連れて行ってやる。こうして脚をひらいて診てもらうことになるぞ」

ゼリーつきのカテーテルを出して聖水口につけると、鳥肌だった小夜はピタリと動きを止めた。

「そうだ、いい子だ。オシッコが出ないなら出してやる。力を抜け。抜くと洩らすか？」

彩継は笑った。だが、小夜とこんなにも早く医療プレイをすることになるとは思わず、昂ぶりは大きかった。

カテーテルの先を可憐な聖水口に押し込んでいくと、小夜は、くっと、かすかな声を洩らした。

女の尿道は男に比べて短い。四、五センチ沈むと、たちまち聖水が管を伝って洩れだしてきた。それはしずかに洗面器に溜まっていった。

したたりさえなくなったのを確かめ、そっとカテーテルを抜いた。そのときも小夜はかすかな声を洩らした。

「見ろ、重いほど溜まっていたぞ。こんなに溜めると躰に悪い。ときどきこうして出してやらないといけないのか？」

楽になったものの、恥ずかしすぎることをされ、小夜は言葉をなくした。

聖水を始末してきた彩継は、我慢に我慢を重ねた射精を許され、すっかり精液を放出したような気になった。最後の仕上げに向けて、ふたたび意識を集中させた。

小夜は翳りを抜かれるとき、痛がって声を上げることはあっても、言葉を出さなくなった。その分、彩継はひたすら恥毛の植え替えに専念した。

完璧な小夜人形ができたのは、それからまもなくだった。

「おお……素晴らしい……素晴らしい出来だ……この人形は、小夜の恥毛がなくては仕上がらなかった……素晴らしい出来だ。見ろ」

彩継は息苦しくなるほどの感動を覚えた。

小夜の四肢のいましめを解いて半身を起こし、人形を見せた。

白かった人形の肉のマンジュウや恥丘に、黒い翳りができている。そこに目を凝らしていた小夜は、我に返って自分の下腹部に視線を移した。

「いやあ！」

所々にしか恥毛が残っていない。無様だ。屈辱に震えた。

「残りを抜いてやる。横になれ」

「いや……いや……嫌い」

小夜は総身をよじって泣いた。

彩継は小夜を長持ちに載せた。抵抗しようとするのを押さえつけた。

「動くな！」

彩継は自分でも驚くほどの声で一喝した。小夜が総身を硬直させた。

人形が完成した喜び、小夜への愛しさが、彩継を熱くしている。冷静ではいられない。小夜を抱けないのがもどかしい。仕上がりで熱くなった炎のような感情を発散させなければ、身が持たない。

彩継は残りの毛を抜いていった。つるつるになると、赤くなった皮膚に舌を這わせていった。

「小夜、よく我慢したな。小夜は私の宝だ。痛かったか。ここの毛はまた生えてくる。何もないのも赤ん坊のようで可愛い。小夜がいつもしていることをしてやる。ご褒美だ」

肉のマンジュウをくつろげ、生暖かい舌を花びらに這わせた。肉の溝も辿った。

「くうう……だめ……あう」

小夜の太腿が大きくくつろげられていった。

3

庭には、さまざまな椿が咲いている。

小夜は数寄屋《すきや》侘助の淡いピンクの色や形も好きだが、今は可憐な天倫寺《てんりんじ》月光《がっこう》に惹かれていた。こんなにも小さい椿があるのかと最初は思った。親指の先ほどの大きさしかない。赤い花だ。月光という名前が入っているからには、夜の似合う椿だろうか。しかし、小夜は黄色い椿や白い椿からしか、月光を連想できなかった。そして、夜に眺める花かもしれないと、ふっと思った。

彩継は大阪のデパートでの個展のため、一昨日から留守にしている。

彩継に一本残らず下腹部の翳りを抜かれてから、彩継の顔をまともに見られなくなった。下腹部がたよりない。何という残酷なことをするのだろうと怒りが湧いた。それでいながら、妖しく甘美な思いにも包まれている。

雪より白い長襦袢を着せられて、ロープでいましめられ、強引に恥毛を抜かれていった。あのときの痛みと、とことん甘えたくなった切ない気持ち。そして、恥ずかしい道具を使って小水を処分されたこと……。

あの日の蔵での時間が鮮明に浮かび上がってくるたびに、指で恥ずかしいところを触りたくなる。

(お養父さま……小夜にはお養父さまがわからない……でも、自分のこともわからない……私のお養父さまなのに……それなのに)

小夜はすでに父娘の枠を大きくはみ出しているのがわかっていた。だからといって、男女の関係はなく、処女のままの小夜は、彩継との関係がどういうものなのかわからず、戸迷いも大きかった。

「小夜ちゃん」

天倫寺月光を眺めていた小夜は、唐突な男の声にギョッとした。

「小夜ちゃん」

二度目の声で瑛介とわかった。

すぐ近くに椿の木が茂っている場所がある。瑛介はそこから顔を出した。

「どうして……」

「小父さん、いないんだろう?」

「どうして知ってるの……?」

「大阪で個展なら、出かけてるかもしれないと思った。小母さんは?」

「いるわ。どうしてここに？　お養母さまは知ってるんでしょうね……」

「いや……忍び込んだんだ……池の近くの椿の植え込みに、ちょっとばかし隙間があるんだ。あそこは危険だ。小父さんに、もう一本植え込んだほうがいいと言っておいたほうがいいぞ。だけど、そうなると俺が困る」

「そこから入ってきたの？」

「会いたかった。だから」

まだ元日の口づけが鮮明なだけ、小夜の息は乱れた。

「どうして玄関から入ってこないの……？　今からでいいから、ちゃんとお養母さまにご挨拶してきて……」

「そしたら、ふたりきりになれる時間がないかもしれない。小父さんにも俺が来たことは知られたくない」

瑛介の真っ直ぐなまなざしに、ますます小夜の鼓動は乱れた。

「大切な入試の前なのに……もうすぐなのに……帰って……ね？」

「大事な入試の前だから、このままじゃ、気が散ってだめだと、思いあまって来たんだ。今夜は友人の家に泊まるということにしてきた。小父さんがいないときは、今しかないと思った」

「どういうこと……？」

「今夜、泊めてくれ」

「そんな……それなら、なおさらお養母さまに言わなくちゃ。そしたら、いくらでもお部屋はあるから」

「だから、小父さんに知られたくないと言っただろう？　小母さんにも知られるわけにはいかない」

「無理よ。泊まるならお布団も用意しないといけないし、いくらお部屋が多くてもお養母さまには知られてしまうわ」

「小夜ちゃんの部屋に泊まる」

　小夜は瑛介が泊まるなら、他の部屋にと思っていた。自分の部屋にと言われると、いかに自分が幼いかを悟り、瑛介の言葉の意味を知って動揺した。

「だめよ……だめ」

「俺のこと、嫌いか。嫌いじゃないと言ったよな？」

「だって、お兄さんだもの……」

「そんなこと言うなよ。俺は小夜ちゃんのことを妹なんて思ってない。血の繋がりなんかないんだからな。俺は小夜ちゃんが好きだ。妹じゃなく、女として」

「だめ」

瑛介を危険な空気が取り巻いている。

「会ったときから好きになったと言っただろう？　正月にあんなことがあって、あれから朝も昼も夜も一日中、小夜ちゃんのことばかり考えてた。夢にも出てきた。これ以上待てなかった。会いたかった」

「入試が……くっ」

正月の雪の日と同じように、瑛介は小夜を抱き寄せて唇を奪った。小夜は顔をよじって逃れようとした。だが、瑛介の両腕は頑丈で、その胸から逃れることはできず、唇を離すこともできなかった。

「小夜ちゃん、いる？」

緋蝶の声がした。

小夜以上に瑛介が驚いて躰を離した。

「ちょっと近くまで出かけたいの。小夜ちゃん、いる？」

まだ緋蝶に見つかっていない。

「俺のこと、絶対に言うなよ」

瑛介は椿の茂みに隠れた。

「お養母さま、ここよ」

その場にいるのが不安で、小夜は声のする方に近づいた。

「ああ、いたのね、寒くないの？　家にいないからお庭を探したのよ」

緋蝶は大島の上に道行きを羽織り、出かける恰好をしていた。

「あそこの天倫寺月光、とっても可愛いから、毎日見ても飽きないの。あんな可愛い椿があるって、初めて知ったんだもの」

「ここにはたくさんの種類があるから、すぐには何があるか覚えられないわね」

「紅いのに、どうして月光って名前が入っているのか不思議だなと思って眺めていたの」

「そうね、どうしてかしら。可愛い花だわ。小夜ちゃんの小さいころみたい。私も好きな椿よ。二時間ぐらいで戻ってくるけど、お留守番、お願いね。山科の小母さまにお渡しするものがあるの。それからお食事にするわ」

「わかったわ。気をつけてね」

不自然さを悟られないように、小夜は精いっぱい明るい声で言った。

門扉まで緋蝶を送った小夜は、急いで瑛介の隠れた場所に戻ろうとした。だが、玄関近くに瑛介がいた。

「今のうちに帰って。もう変なところから入ってきちゃだめ。誰かに見られたら警察に通報されるかもしれないわ」

「親戚だって言うさ。そうだろう？　それより、ちょどよかった。小母さんがいないうちに家に入れてくれ」

「だめ」

「話がしたい」

「だめ……」

「話ができないなら帰らない。小母さんが戻ってきてもここにいる」

「だめよ」

「何を言ってもだめとしか言ってくれないのか」

「だって……だめなの」

「今夜は帰らない」

「お食事はどうするの……？」

「夕飯を食べなくても死にはしない」

瑛介は強引に屋敷に入り込んだ。玄関で脱いだ靴は手に持った。そして、先に立って小夜の部屋の前まで進んだ。

「困るわ……こんなことがお養母さまに知られたら、お養父さまにも知られるのよ」

「ばれないようにするさ」

「瑛介さんがここに泊まるなら、私はお養母さまと休むから」

「だったら、途中で小母さんの前に出ていくさ。小母さん、驚くだろうな」

瑛介は小夜を困らせた。そして、勝手にドアを開けて小夜の部屋に入り込んだ。

「以前も庭に入ったことがあるんだ。この部屋は窓はあっても小さくて、庭の出入りには使えない。よほど別のところから入り込もうかと思った」

小夜は唖然《あぜん》とした。

「何となく小父さんが俺を毛嫌いしてるような気がして、ここは敷居が高い。小父さん、本当は俺を嫌っているんだろう？」

小夜は首を振った。

「俺にはわかる。小夜ちゃんに近づくのをいやがってるんだ」

その通りかもしれない。だが、小夜は、そんなことはないと、首を振るしかなかった。

「お父さま、元気？」

小夜は話題を変えたかった。

「亡くなった小夜ちゃんのお母さんには悪いけど、オフクロと仲良くやってるみたいだ」

「よかった。お父さまのことが心配だったから」

「これは先生が創った人形か？」

瑛介は男女の子供の人形に目をやった。

「ここに来た私のために創ってくれたの。養女に入ったとき、お部屋に置いてあったわ。可愛いでしょう？」

冷静に話さなければと思ったが、瑛介とふたりきりの部屋で、小夜はどうしていいかわからなかった。緋蝶が戻ってくるまでに、瑛介には帰ってもらわなければならない。

あと二時間……。

緋蝶が帰ってくるまでの時間が気になった。二度目の口づけを受けただけに、取り返しのつかないことが起こるような気がする。ツルツルになった下腹部を思うと、よけいに焦った。

「もうすぐ受験……だから、終わるまではこんなところに来ちゃいけないわ。瑛介さんは優秀だし、きっと合格すると思うけど」

「だから、小夜ちゃんのことを考えるとどうしようもなくなって、受験どころじゃなくて、ここに来るしかなかったと言っただろう？　毎日、小夜ちゃんのことばかり考えてる」

「だめ……困るの……私はお兄さんとしか思っていないわ。それ以外のことは考えられないの。あんなこと、もうしないで。でないと、お養母さまとお養父さまに言いつけるから」

最初から異性を感じていたことを押し隠し、小夜は精一杯の意地悪い言葉を出した。

「言いたいなら言えよ。オヤジとオフクロに勘当されるなら、それも俺の人生さ。小夜ちゃんに毛嫌いされているなら諦める。だけど、そうは思えない。俺のこと、嫌いじゃないよな？」

「お兄さんとしか思えないわ。そんなこと言うなら、嫌いになるから……」

「俺の妹だというのか」

「そう……」

「俺にとっては決して妹なんかじゃない」

瑛介は小夜をベッドに押し倒した。

そんな危惧がなかったわけではない。だが、無事に時間が過ぎていき、瑛介は緋蝶の帰宅前に帰っていくと信じていた。けれど、小夜の甘い想像とはちがい、最悪のことが起ころうとしている。

瑛介は小夜の両腕を肩の横で押さえ込み、唇を思いきり押しつけた。

小夜は頭を振りたくって拒んだ。しかし、唇は離れなかった。瑛介は舌をこじ入れようとしている。小夜は固く上下の歯をつけ、決して舌の侵入を許さなかった。

瑛介は唇を奪ったまま、片手をスカートに押し込んだ。すぐにその手は太腿を這い上がり、ショーツに辿り着いた。

小夜の全身から大量の汗が噴き出した。

自由になった片手で、小夜は瑛介の胸を押し退けようとした。瑛介は動かなかった。頬を闇雲に押した。

歪んだ瑛介の顔が離れた。

「いやっ！」

「好きだ」

また唇が塞がれた。瑛介の手はショーツを引き下げた。

恥毛を抜かれて間もなく、まだほとんど生え出ていない下腹部を思うと、屈辱と焦りにますます汗が噴きこぼれた。

ショーツが膝の近くまでずり下ろされると、瑛介はそれから先は、足でショーツを引き下ろした。ショーツは踝《くるぶし》まで下りた。

「いやあ！」

小夜は悲鳴を上げた。

「しないで！」

「好きだ！」

瑛介の息が荒い。瑛介の目が恐ろしく血走っている。

瑛介は小夜の両手をひとつにして乳房の間で押さえ込むと、片方の手でスカートをまくり上げた。

瑛介は小夜の下腹部を見るなり、子供のようなつるりとした肉のマンジュウに、息を呑んで目をこらした。

「いやあ！　嫌い！　見ないで！」

彩継によってつるつるにされた下腹部を見られたことでパニックに陥った小夜は、激しく泣きじゃくった。

「いやいやいやいや！　見ないで！　嫌い！　出ていって！」

これから犯されるかもしれないということより、不自然な下腹部を見られたことがショックだった。

取り乱している小夜に、瑛介は次の行為ができなかった。

すでに女は知っている。後輩の高校生や大学生。中には人妻もいた。濃い薄いの差はあっても、誰にも翳りがあった。

童貞を失ったのは、中学二年の夏休みだ。相手は一級上のバレー部の部長だった。性への興味から、愛情はなかったが、誘われてその気になった。中学生でも黒々とした立派な翳りがあった。

童貞をなくして四年半余り。何人かの女を抱いてきたが、誰にも翳りがあっただけに、小夜の幼女のような下腹部には冷静でいられない。

小夜のそこには剃り跡らしいものはないが、ところどころにポツポツと黒いものが萌え出ているのもわかる。

「気にするな……あってもなくてもいいじゃないか……これから生えるかもしれない」

小夜は彩継との秘密の時間を知られていないことを知った。瑛介は小夜のそこに、まだ何も生えていないと思っているのかもしれない。救いのようでいながら、屈辱は拭えない。

「好きだ……小夜ちゃん、好きだ」

瑛介は唐突に小夜の下腹部に顔を埋め、恥丘の当たりに舌を這わせた。

「いやっ！」

予想しなかった瑛介の行為に、小夜はもがいた。

「いやっ！」

逃げようとする小夜の腰をがっしりとつかみ、間近からそこを見つめた。新たな衝撃が走った。ぽつぽつと萌え出ている翳りの生え方が不自然だ。

瑛介は荒々しい息をこぼしながら、そこに舌を這わせた。

「抜いたのか……？」

「いやあ！」

　小夜は全力で抗った。

「そうなのか……？　抜いてるのか？」

　小夜は激しく泣きじゃくりながら総身でイヤイヤをした。

「誰かに抜かれたのか……」

　小夜は必死に首を振り立てた。

「まさか、小父さんから……」

「どうして！　どうしてそんなこと言うの！　酷い！　出ていって！」

　小夜は秘密を知られようとしている恐れに、我を忘れ、かつてない語調で瑛介を非難した。

「出ていって！　でないと、本当にお養父さまに言うわ！　父にも！」

「もう言わない……そのことは言わないから……」

　激しく取り乱している小夜を見ていると、瑛介は危険を感じた。侵入したことを彩継や景太郎に告げられるくらいならいい。だが、そんなことではなく、もっとちがう危険な匂いだ。

　小夜自身に関する危うさだ。

「泣きやめよ……そうでないと帰れない……泣きやんでくれたら帰る……もう困らせない……だから……小母さんが帰ってきたとき泣いていたらおかしいじゃないか」

スカートを戻し、踝まで引き下げたショーツを引き上げた。そして、横になったまま小夜を胸に入れた。

「泣くなよ……な。もう何もしないから」

獣のような目をしていた瑛介が、やさしく抱き締めてくれていることで、小夜はよけい涙が溢れた。

冬だというのに、瑛介の汗の匂いがする。彩継とちがう匂いだ。

「小夜……どうしてここに来たんだ……おふくろ達が再婚するなら、小夜といっしょに暮らせると思ったのに……初めて会ったときから好きだった。別れて暮らすことになるなんて酷すぎるじゃないか。どうして自分からここに来ると言ったんだ」

瑛介の言葉には、無念さと哀しみに似た響きがあった。

(好き……瑛介さんのこと、やっぱり好き……だけど、お養父さまのことも好き……どんなことをされても、お養父さまが好き……だけど……瑛介さんのことも好き……それなのに、お養父さまのことも好きなの……)

小夜は、何度も、だけど……と繰り返しながら、彩継にも瑛介にも愛されていると感じていた。そして、今の自分には、どちらを選ぶこともできないのもわかっていた。

瑛介は緋蝶が戻ってくるまでに帰るだろうか。それとも、強引にここに居座るだろうか。

どちらにせよ、今夜、瑛介が力ずくで躰を奪うことはないだろう。それだけは信じることができた。何もかも忘れて、瑛介の胸の中で眠ってみたい気もした。

（「人形の家3」につづく）

この作品は書き下ろしです。原稿枚数320枚（400字詰め）。

GENTOSHA OUTLAW BUNKO

閉《と》じている膝《ひざ》

人形《にんぎょう》の家《いえ》2

藍川京《あいかわきょう》

平成15年4月15日　初版発行

発行者――見城　徹

発行所――株式会社幻冬舎

〒151-0051東京都渋谷区千駄ヶ谷4-9-7

電話　03(5411)6222(営業)

03(5411)6211(編集)

振替00120-8-767643

印刷・製本―図書印刷株式会社

装丁者――高橋雅之

幻冬舎アウトロー文庫

ISBN4-344-40359-2　C0193　O-39-9